Syster Linnea

Även starka människor faller, men de reser sig upp gång
på gång tills livet är slut.

Av: Carina Clarvind 2025-03-25

Kapitel 1 (Stockholm, år 1923)

Det är så kallt. Linnea känner knappt fingrarna. Hon drar filten om sig i ett försök att hålla värmen. Kullerstenarna är hårda att sitta på, men hon orkar inte resa sig.

En pojke i femårsåldern sätter sig på huk och ser på henne.

"Vem är du? Varför sitter du här? Du har prickar i ansiktet? Är du sjuk?"

Innan hon hinner svara har en kvinna ropat åt honom att genast gå bort därifrån. Linnea försöker le, men det blir mer en grimas. Kvinnan drar honom i armen när de passerar.

Hon sitter på Malmskillnadsgatan. Under de tio år hon levt i huvudstaden har den förändrats mycket. Det har byggts och elektrifierats och motoriserats. I början, när hon kom hit, var hon ung och naiv. Endast fjorton år gammal. Trots allt hon redan hade tvingats genomlida hade hon en framtidstro. Bara hon kom långt bort från landsbygden och det förgångna skulle allt ordna sig, hade hon tänkt. Hon minns sitt unga jag, Linnea, som stod med en resväska i handen alldeles ensam i den stora staden. Lika delar förskräckelse som nyfikenhet. I handen en hopknycklad lapp med en adress.

Lungorna värker, hjärtat slår så hårt, magen gör ont av hunger och allt smärtar av kylan. Hon ber om nåd. Låt mig få somna nu. Jag vet inte vad mitt liv har varit värt. Vet inte vad meningen var med att födas. Vet bara att jag vill slippa leva mer i denna kropp. Kära Gud, visa din barmhärtiga sida och låt mig få dö.

Verkligheten försvinner och drömmarna tar vid. Ljuden från gatan blandas med drömmarnas bilder. Hon är liten flicka igen. Sitter på golvet i köket. Mor kastar in ved i spisen. Storebror Georg ger henne en bit nybakat bröd. Det är varmt om fingrar. Dörren öppnas och far kommer in. Linnea hör hur han stampar av snön i farstun innan han kliver på. Hans blick fastnar på henne och han kommer fram. Hon sträcker händerna mot honom och tappar brödbiten på golvet. Far böjer sig ner. Plockar upp brödbiten, ger den tillbaka och lyfter upp henne. Linnea borrar in ansiktet i hans hals. Känner lukt av svett och rök. Så rycker hon till av något blött på halsen.

Det tar en stund innan hon förstår att hon somnat till. Så kommer det blöta igen mot kinden. En hund flåsar och buffar med nosen. Säkert hungrig han också.

"Hej lilla vän. Jag har inget åt dig", viskar hon.

Den närhet och omtanke hunden ger berör henne. Hon är inte alls van vid den typen av beröring. Senaste åren har det varit slag och spottloskor som varit kopplingen mellan andra och henne.

Hunden piper iväg och Linnea blir ensam med kylan och smärtan igen. Ser ner på fingrarna. De är alldeles vita i topparna. Hon blåser på dem, men lungorna värker och hon har ingen styrka. Försöker dra ner luft sakta, sakta men inget händer. Det känns som hon ska svimma. Sedan fylls hon plötsligt av värme och allt blir ljust. Hon ser samma oavsett om hon blundar eller har ögonen öppna. Allt är varmt och ljust.

"Mamma, mamma! Titta! Är flickan död?"

Kapitel 2 (arton år tidigare, år 1905)

Linnea står framme på en scen av trä. Bredvid finns alla hennes syskon utom storebror Georg och lillebror Valter. De har redan fått ett nytt hem. Häromdagen blev de hämtade av en man som kallades CJ. Hon hoppas av hela hjärtat att han är snällare än han såg ut. Hon ryser när hon tänker på hans kalla ögon. Nu står hon här bredvid storasystrarna Gerda och Ines, småsyskonen Verner och Svea. Linnea ser ut över alla de människor som sitter i lokalen. Många av dem känner hon igen från byn. Där sitter prästen Kullbom, Johan och Anna, Berta i Boda, men även flera som hon aldrig sett tidigare. Kullbom har berättat för dem att de ska få nya familjer under dagen. Kommunen kommer betala för att någon ska ta hand om dem. Den som begär allra minst betalt av kommun får dem. Hon kommer att tänka på när hon varit på boskapsauktion med far sin. Det är exakt så det känns nu. Som om hon och syskonen är boskap. Människorna som varit deras grannar sitter nu och bedömer deras kroppar och fysiska styrkor. Vad kan de vara värda?

Linnea tar Gerdas hand. Hon ser att även Gerda är rädd
och obekväm. En kraftig man med grått hår, kammat med
sidbena, går fram på scenen och ställer sig framför
barnen.

"Som ni vet vid det här laget så är vi här i dag på grund
av den olycka som drabbat familjen Bergstrand. Då dessa
barns mor kallats hem av vår skapare, blev det deras far
övermäktigt att sörja för dem. Vi i Sockennämnden
kommer försörja dem fram till de blir myndiga eller
gifter sig, men de behöver nya hem. Vi kommer därav
hålla auktion och de som är beredda att ta ett eller flera
barn för minst pengar får dem."

Ett sorl uppstår i lokalen. Mannen tar till orda igen.

"Vi börjar med gossen. Han är sex år. Kom fram Verner
så du syns."

Linnea ser på sin lillebror. Det kanske är sista gången
hon ser honom.

En man och kvinna i samma ålder som deras föräldrar
erbjuder sig ta hand om Verner för fem kronor i månaden.
Ingen annan säger något så den kraftiga mannen

förkunnar att Verner blir deras. Så frågar han om de kan tänka sig fler barn, men mannen skakar på huvudet.

"Det är herr och fru Björsson. Hennes far äger handelsbon nere i byn. De har inga egna barn och de bor i det stora gula huset i allén mot Väderstad", viskar Gerda till syskonen.

Den kraftiga mannen hyschar åt dem och ber Gerda kliva fram.

"Här har vi en klok och försigkommen flicka på elva år. Finns det någon som vill ta hand om henne och få hjälp i hushållet?"

Knappt en halvtimme senare är alla barnen utauktionerade till olika hem. Linnea och Svea hade tur och kom till samma hem. En man och kvinna, de aldrig sett tidigare, kunde tänka sig ta dem båda för åtta kronor i månaden. De trodde det var ett gift par, men det visade sig vara syskon som bodde tillsammans på en mindre gård de ärvt efter sina föräldrar.

Gerda hamnade hos en änka och Ines hos ett yngre par med två egna söner. Syskonen tar ett tårfyllt farväl av varandra innan de separeras.

Linnea tar sin syster Svea i handen och de hoppar upp på kärran som dras av deras nya förmyndares vita oxe, Rupert. På hemvägen presenterar sig kvinnan som Annalisa Karlsson och hennes lillebror som Per Karlsson. Linnea uppfattar dem som vanliga vuxna. Strikta, stränga, men rekorderliga och rättvisa. De verkar måna om att flickorna ska känna sig välkomna utan att klema bort dem. Det är lika bra att de tidigt förstår att de ska hjälpa till i hemmet och på gården, men utan att deras skolgång blir lidandes. Svea är bara fem år och har ännu inte börjat skolan. Linnea som är sju går i första klass och ska börja andra klass till hösten. Hon tycker mycket om skolan och gläds åt att deras nya förmyndare prioriterar utbildningen.

Första dagen i deras nya hem får systrarna göra sig hemmastadda. Annalisa visar dem runt på gården. Boningshuset har två våningar. Där nere finns köket, finrum och förstugan. En trappa upp finns två sovrum.

Tidigare hade syskonen haft varsitt rum, men nu skulle Linnea och Svea dela det ena och Annalisa och Per det andra. Mellan sovrummen ligger ett litet allrum som är omöblerat. På gården utanför finns ett dass med två sittplatser utan skiljevägg emellan sig. Parallellt med boningshuset ligger en mindre ladugård där tre kor bor ihop med oxen Rupert. I vinkel med den ligger ett mycket litet svin och hönshus. Fem bruna hönor lever i ena halvan och en sugga i den andra. På baksidan av boningshuset finns också en hundgård och en liten hundkoja där jakthunden Lill-Per huserar. Han har fått namnet eftersom flera påpekat likheten med husse. Linnea kan inte se den riktigt, men Annalisa säger att det inte är utseendet de menat utan personligheten.

När de gått runt på gården och hälsat på alla djuren får flickorna gå upp på sitt rum och göra sig hemmastadda, som Annalisa uttryckte det. Linnea gissar att de förväntas plocka upp sina få tillhörigheter och hålla sig undan de vuxna ett tag. Med sig från barndomshemmet har Linnea två klänningar, fyra par underkläder, två par strumpor, två par skor, en kappa samt sovkläder. Inget annat. Hon packar upp dem ur väskan och hänger in dem i klädskåpet. Därefter hjälper hon lillasyster att hänga upp sina kläder. Förutom klädskåpet finns inga andra möbler i rummet. På golvet ligger en madrass, ett bolster och två yllefiltar. Genom ett litet fönster ser man en del av gården och vägen som leder dit. Man kan inte se närmaste grannen, men de passerade ett hus på vägen som låg endast någon kilometer bort.

"Hur länge ska vi vara här?" frågar Svea.

Kapitel 3

Linnea och Svea står i ladugården och ser på medan Annalisa mjölkar korna.

"Har ni mjölkat förr?"

"Jag har det", svarar Linnea.

Svea skakar på huvudet.

"Bra, då kan du ta spannen där och mjölka Bella", säger Annalisa och pekar på kon närmast. "Kom Svea så skall jag visa dig. Sätt dig på pallen här."

Fast pallen är låg når Svea bara precis ner med fötterna till golvet. Hon sträcker sig för att nå fram till spenarna med sina knubbiga barnarmar. Spenarna är varma och luktar surt. Annalisa tar om Sveas händer och visar hur hon försiktigt, men bestämt drar för att mjölken ska lämna spenen och strila ut i spannen under. När kon trampar runt rycker Svea till och släpper spenarna.

"Du behöver inte vara rädd. Stjärna är en snäll ko."

Svea lutar sig fram och greppar på nytt spenarna. När hon själv lyckas få ur en stråle av mjölk ler hon stort.

"Bra Svea", säger Annalisa. "Du är en naturbegåvning. Hur går det för dig Linnea?"

"Det går bra. Jag är färdig."

Annalisa går över till Linnea och kikar i spannen.

"Jättebra. Då kan du ta sista kon också. Det är Rosa. Hon är mor till Stjärna och Bella."

Linnea flyttar med spann och pall till Rosa och tar tag om spenarna. Rosa står vant stilla och låter henne mjölkas.

Till kvällen kommer Per in till middagen som flickorna och Annalisa ordnat. Då det är augusti, en god skördemånad, finns det gott om grönsaker. På bordet står karotter och skålar med tomater, gurka, potatis, ärtor och morötter. Till det en bit fisk, fångad i Vättern och köpt på torget inne i Vadstena. De tar sig in med oxkärran de flesta lördagarna så här års. Säljer den mjölk, smör, grädde och ägg de inte själva behöver och köper fisk och ibland kött när plånboken tillåter.

Hela dagen har Per gått på fältet och hässjat hö inför vintern. Flera grannar har hjälpt till. Han hjälpte dem veckan innan med deras hö. Linnea tycker han är svår att läsa av. Han säger sällan något till dem. Kommer bara in efter arbetsdagen slut och äter middagen. När systrarna gått till sängs kan hon ibland höra Per och Annalisa talas vid, men med mumlande röster där orden inte går att urskilja. Linnea håller andan, för att kunna höra vad de talar om, men sällan går det att fånga mer än något enstaka ord här och där. Svea somnar nästan alltid direkt. Det är skönt att höra hennes jämna andetag. Linnea funderar mycket på sina syskon och på far. Vart de är någonstans och vad de gör. Ibland kommer sorgen över henne. Hon saknar dem alla och allra mest mor. Till hennes egen förvåning tänker hon ibland på mor som befriad från hostan hon haft. Med far är det svårare. Han hade medvetet och efter eget val lämnat dem. Visste han att de skulle säljas som boskap? Varför gjorde han det? En del kvällar försöker hon förstå honom. Tänker att han var så fylld av sorg efter mor att han inte förmådde ta hand om barnen också, men så finns det kvällar när sorgen och ilskan gick hand i hand. När hon tänker att han aldrig älskat dem och att de bara varit en börda han nu skakat av sig. Nu är han fri och kan skaffa ny fru och nya barn. Linnea gråter så tyst hon kan. Biter ihop käkarna så inga ljud ska sippra ut och väcka lillasyster. Hon somnar till slut av utmattning.

Linnea sätter sig upp i sängen. Något har väckt henne. Det är fortfarande mörkt ute. Hon lyssnar efter mer ljud, men inget annat än Sveas tunga andetag hörs. Trots det känns det som att någon mer är i rummet. Hon försöker urskilja rörelser i mörkret. Där hör hon ljudet som väckt henne. Det är en knarrande golvplanka. Det är med all säkerhet någon mer i rummet.

"Hallå?" viskar Linnea.

Hör hon någon annans andetag? Det är svårt att höra. Ju mer hon anstränger sig för att lyssna ju högre slår hennes eget hjärta. Med ett högt knarrande öppnas dörren, någon går ut ur rummet och stänger dörren igen. Golvet knarrar i allrummet och sedan blir det tyst. Hjärtat slår så hårt i hennes bröstkorg att hon för ett ögonblick tror det ska väcka Svea, men hon sover oberörd vidare.

Vem var inne i deras rum mitt i natten och varför? Kanske det bara var Annalisa som skulle gå och lägga sig och tittade till dem. Det låter konstigt, men inte helt orimligt ändå. Linnea försöker intala sig att det var det som nyss hade hänt och till slut somnar hon om.

Morgonen därpå väcks Linnea av Svea som puttar henne i ryggen.

"Jag behöver gå på dass. Kan du följa med?"

Linnea vill inte alls följa med. Helst ville hon bara somna om, men hon reser sig och kisar mot ljuset från fönstret. Tillsammans går de ner för trappan, kliver i stövlarna, fortfarande klädda i nattkläderna, och ut på gården. Linnea drar upp dassdörren, men stänger den direkt. På ena sitsen satt Per med nerhasade pyjamasbyxor och bar överkropp. Hon hann se hans förvånade uttryck innan dörren slog igen.

"Förlåt", säger hon och drar med lillasyster därifrån.

Men Svea stretar emot.

"Jag måste kissa", säger hon bestämt.

"Jag vet, men du får göra det bakom-ladugården."

Linnea tar ett fastare grepp om Sveas handled och släpar med henne. De stannar bakom ladugården och båda flickorna sätter sig på huk. När de går tillbaka till huset kommer Per ut från dass.

"God morgon flickor", säger han och ler för första gången sedan de kom dit.

Kapitel 4

Det är måndag och Linnea ska till nya skolan för första gången. Hon börjar andra klass. Tidigare har hon haft sina storasyskon som trygghet, men nu är det bara hon. Svea börjar inte förrän nästa år. Det pirrar i magen. Hon har tittat i skolväskan minst tio gånger och varje gång ligger pennan och skrivblocket där. Förra veckan var hon och Annalisa till Vadstena för att handla dem hos bokhandlaren. Då gick de förbi skolan där hon ska börja. Den är dubbelt så stor mot den lilla skolan hon gått i tidigare. Hon stod framför byggnaden och tittade uppåt. Det kändes som att hela huset skulle falla över henne. Hon fick både svindel och ont i nacken. Utan att tänka sig för hade hon greppat Annalisas hand. När hon kom på sig själv såg hon förläget på Annalisa. Hon hade lett förstående mot Linnea.

"Jag förstår att den är större än din förra skola, men det ska nog gå bra ska du se."

I dag ska Per skjutsa henne med oxkärran. Det är inte långt. De bor i en by som heter Granby, bara några kilometer från skolan inne i Vadstena. Framöver kommer hon gå de flesta dagarna. Det är hon medveten om, men i dag får hon skjuts eftersom Per ska till handelsboden.

Hon sätter sig bredvid honom och håller hårt om skolväskan. Svea och Annalisa vinkar. Linnea önskar att hon fick lov att stanna hemma, men Per låter piskan vina och oxen Rupert börjar gå. Det bästa med att åka med Per är att han sällan säger något. Linnea får sitta i fred med sina tankar. Nu funderar hon över sina syskon. Är de också på väg till skolan i denna stund? Hon vet inte om någon av dem ska gå i samma skola. Hon tror inte det, men helt säker är hon inte. Tänk vad skönt det skulle vara om någon av dem gör det. Tanken ger henne hopp.

Per saktar in framför skolhuset och Linnea lyfter upp kjolen och kliver av med väskan i handen. Utan att säga något åker Per vidare. Hon står där ensam framför den respektingivande byggnaden och ser på de andra barnen. Blicken söker av alla ansikten, men ingenstans är det något av syskonens. För varje ansikte som inte tillhör något syskon sjunker modet. När fröken ringer in dem ställer Linnea sig sist och ser ner i marken. De två ljushåriga flickorna framför henne vänder sig om och ler.

Linnea tycker inte det ser äkta ut, men för att inte verka oartig ler hon tillbaka.

”Är du ny?” frågar den ena.

”Ja”, svarar Linnea. ”Jag har nyss flyttat hit. Jag heter Linnea.”

De båda flickorna fnissar och svarar inte med sina namn.

”Bor du på landet?”

Linnea anar att de driver med henne. Hon har inte lika nya, fina kläder som dem och hon pratar annorlunda.

”Vi har flyttat till Granby”, svarar hon.

”Vi?” undrar en av dem. ”Jag hörde att det bara var du. Att någon har fått betalt för att ha dig boendes hos sig.”

Linnea rycker till. Hur kan de veta det? Innan hon hinner svara är det deras tur att ta fröken i hand och gå in i klassrummet.

Fröken håller kvar Linneas hand och lutar sig fram.

”Linnea kan stanna kvar här bredvid mig.”

Förvånad gör hon som hon blivit tillsagd. De andra
barnen står upp bredvid varsin bänk tills fröken nickar åt
dem att sätta sig ner. Linnea känner frökens hand mot sin
rygg. Hon blir framföst framför klassen.

"Det här är Linnea", säger fröken och Linneas kinder
blir varma. "Vi ska vara extra snälla mot henne förstår ni.
Stackars Linnea har blivit av med både föräldrar och
syskon, men har haft turen att få flytta hem till snälla
syskonen Karlsson i Granby."

Linnea ser ut i klassrummet. Några barn stirrar nyfiket
på henne, andra viskar och några fnittrar. Flickorna med
ljust hår håller för sina munnar för att dölja skrattet.
Linnea ser ner i golvet.

"Vi är ojämnt antal i klassen nu", fortsätter fröken. "Så
Linnea får sitta i egen bänk här framme."

Allra längst fram, mittemot katedern, står en ensam
bänk. Linnea sätter sig snabbt ner och försöker göra sig
så liten hon kan. Första lektionen är det välskrivning.
Linnea lägger allt fokus på bokstäverna och deras
snirklar. Hon tar god tid på sig att forma varje bokstav

det finaste hon kan. När fröken går runt i klassen och tittar ger hon Linnea beröm. Hon hör de ljushåriga flickorna viska:

"Frökens favorit" och "Linnea märkvärdig".

På rasten går Linnea snabbt ut på skolgården och in på ett av dassen. Hon lägger på haspen på insidan så ingen kan öppna den av misstag. När hon är färdig och lyfter av haspen igen får hon inte upp dörren. Först tror hon att den kärvar och lägger ena axeln mot för att trycka upp den, men så hör hon fnitter från utsidan och förstår att någon håller mot. Linnea sätter ryggen mot insidan av dörren och tillåter sig sjunka ner mot marken. Hon orkar inte ens bry sig om att kläderna blir smutsiga och att hon kommer få bannor av Annalisa. I stället lägger hon ansiktet mot knäna och tänker på sin mor. Hon märker inte att hon gråter förrän kjoltyget blir fuktigt. Inget ljud hörs utanför dörren längre. Hur länge har hon suttit här? Har de gått in igen? Linnea reser sig och borstar av smutsen så gott det går innan hon gläntar på dörren. Skolgården är tom. Hon går inte mot skolhuset utan hemåt mot Granby.

Kapitel 5

På håll ser hon Annalisa och Svea. Linnea springer sista biten. När hon öppnar den gnisslande grinden ser Annalisa förvånat på henne.

"Linnea? Inte har väl skolan slutat allaredan?"

Linnea stannar framför dem och släpper väskan på marken.

"De retades och höll för dassdörren så jag inte kom ut. Jag vill aldrig mer gå till skolan!"

"Såja, ta upp väskan så den inte blir smutsig. Så torkar du tårarna. Sådant där löser sig med tiden. Det är bara första dagen. Du är ny och spännande för dem, men snart glömmer de bort att retas ska du se. Vi går in och tar ett glas saft. Sedan får du hjälpa oss plocka av vinbären."

Annalisa häller upp varsitt glas rabarbersaft och de slår sig ner ute i trädgården. Lill-Per kommer fram och nosar nyfiket på dem. När han inser att de bara dricker saft utan något att äta, lägger han sig vid deras fötter.

”Vad sa de till dig?”, frågar Svea och ser medlidsamt på sin storasyster.

Linnea rycker på axlarna och dricker ur saften.

”Det är inget att älta flickor. Nu sätter vi igång med arbetet igen.”

Annalisa plockar undan saftglasen och de går till vinbärsbuskarna och plockar under tystnad av bären. Nästan en timme senare är deras korgar fyllda till brädden och de tar in dem till köket. Där sätter de sig vid köksbordet och rensar bort alla kvistar och blad innan bären hälls i den stora kitteln på spisen. Annalisa slänger in tändved och får igång pannan samtidigt som Svea och Linnea häller i vatten och socker.

”Fortsätt röra om och se till att det inte kokar över. Jag ska hämta in några potäter till middagen.”

Annalisa går ut och systrarna turas om att röra runt i vinbärskoket.

”Jag önskar jag kunde följa med dig till skolan så du slapp gå dit ensam”, säger Svea.

Linnea stryker henne över håret.

"Tack, det var snällt sagt. Men Annalisa har säkert rätt. De kommer snart hitta någon annan att reta. Det är nog bara för jag är ny."

Morgonen därpå får Linnea gå upp tidigt för att hinna gå hela vägen till skolan innan den börjar klockan åtta. Per väcker henne när han skall ut till mjölkningen. Hon smyger upp för att inte väcka Svea. I köket luktar det kaffe och Per har kokat råggröt till både sig själv och henne.

De sitter tysta vid köksbordet och slevar i sig gröten. Emellanåt sörplar Per på sitt kaffe. Hon känner att han ser på henne när hon tittar ner i gröten, men så fort hon lyfter blicken ser han bort. Hon önskar att Annalisa vaknar snart. Det känns olustigt att sitta tyst med Per. Så reser han sig plötsligt och går ut utan att säga något. Skönt, men konstigt. Linnea diskar deras tallrikar, borstar håret och tar sedan skolväskan på ryggen och börjar gå mot Vadstena.

Hon kommer fram samtidigt som fröken ringer i klockan. Linnea pustar ut. Då slipper hon stå där ute och vänta i alla fall. Hon ser de ljushåriga flickorna längre fram med huvudena tätt ihop fnittrande. Linnea önskar att hon hade en sådan nära vän att skratta tillsammans med och ha hemligheter bara de två kände till. Förr hade mor varit hennes närmaste vän och storasyster Gerda. Visst är hon glad att hon har Svea, men hon är yngre och de är olika varandra. Gerda och hon är mer lika och förstår varandra på ett helt annat sätt. Det hugger till i magen av saknad.

”Linnea? Kommer du?”, ropar fröken.

Linnea upptäcker att hon är ensam på skolgården och skyndar på stegen in.

Första lektionen går alldeles för fort. Linnea försöker komma på hur hon ska göra på rasten. Ska hon gå fram till några av de andra flickorna och se om hon kan bli vän med någon eller ska hon hålla sig undan för att slippa samma förnedring som igår? Innan hon hunnit tänka färdigt är det dags för rast. Linnea går så sakta hon kan ut på skolgården. Hon blir omsprungen av de flesta. Då hör

hon de ljushåriga bakom sig. De kommer ikapp henne
och när de passerar går de så långt ifrån henne som det är
möjligt i hallen.

”Känner du lukten?”, fnittrar den ena.

”Ja, är det dynga?”, frågar den andra.

Linnea svarar inte. Ser inte ens på dem. Hon stannar till
i dörröppningen och ser ut över de andra barnen på
gården. Ingen är ensam som hon. Alla har någon att leka
med och prata med. Vad är det för fel på henne?

Dagen går sakta och hon gör sitt bästa för att hålla sig ur
vägen och osynlig. När skoldagen äntligen är över pustar
hon ut och börjar gå hemåt, men hon hinner inte långt
förrän någon ropar på henne. Hon vänder sig om för att
se vem det kan vara och får syn på Per på oxkärran.

”Linnea! Hoppa upp!”, ropar han.

Vad skönt, då slipper hon gå hela vägen hem. Hon
hoppar upp och ler, men leendet slocknar när hon ser Pers
bistra min.

”Har det hänt något?” undrar hon.

"Det är din syster. Hon har skadat sig. Doktorn är på väg."

Hjärtat bankar hårt i Linneas bröstkorg när Rupert långsamt börjar gå mot Granby.

Kapitel 6

Under hemfärden försöker Linnea få ur Per vad som hänt med Svea, men hans fåordighet förhindrar att hon får ett sammanhang. Det enda som går att uppfatta är att Svea varit med om någon olycka på gården och behöver läkarvård.

"Är det allvarligt? Kan hon dö?" försöker hon.

"Ser jag ut som en läkare kanske?", är svaret hon får.

Sedan mjuknar Pers ansikte och han ser på henne med medkänsla. Han lägger en tröstande hand på hennes lår. Hon uppskattar gesten även om den är en smula obekväm eftersom de inte känner varandra.

Samtidigt som Rupert traskar in på gården hoppar Linnea av i farten och rusar mot huset. Hon hör Per ropa något, men har inte tid att stanna och lyssna. Hon smäller upp dörren.

"Svea?"

Hon ser sig om och upptäcker att undervåningen är tom.

"Svea? Annalisa?"

Linnea tar trapporna upp med bara ett par kliv. Tomt där också. Hon springer ner för trapporna och tillbaka ut på gården. Där ser hon Per gå mot ladugården och hon springer efter. Inne i ladugården får hon syn på Annalisa som sitter på en mjölkpall.

”Var är Svea?”

Annalisa reser sig upp och lägger en hand på Linneas axel.

”Doktorn var här nyss. Han tog med Svea till sjukstugan. Hon behövde gipsas och få medicin. Kanske opereras.”

Linnea drar efter andan.

”Sätt dig ner här”, säger Annalisa och drar fram pallen till henne.

Linnea sjunker ner.

”Vad hände?”

”Vi plockade äpplen från det stora trädet på baksidan. Jag tog de jag nådde, men Svea var så kort så hon nådde nästan inga. Hon bad om att få klättra upp på stegen. Jag var dum nog att tro hon skulle klara det. Hon sträckte sig efter ett långt ute på en gren. Stegen tippade åt sidan och föll sedan med Svea på. Hon hamnade tokigt under stegen och benet blev klämt mellan den och marken. Så fick hon en rejäl smäll i huvudet också och tuppade av."

Annalisa håller händerna för ansiktet vid minnet.

"Det såg hemskt ut", fortsätter hon. "Jag trodde för ett ögonblick..."

Hon tystnar.

Nu är det Linnea som tar hennes hand.

"Det var inte ditt fel. Du kunde inte veta att hon skulle ramla."

Annalisa torkar bort tårarna med baksidan av handen.

"Får jag hälsa på henne?" undrar Linnea.

"Du kan vara hemma från skolan imorgon. Jag meddelar din fröken. Så kan vi åka och besöka Svea då."

Linnea omfamnar Annalisa.

"Ska jag hjälpa dig mjölka färdigt?"

"Nej, det behövs inte. Det är inte mycket kvar nu. Gå in i huset och börja skölj potäterna i stället så kommer jag strax och hjälper dig."

Omtumlad går Linnea in i huset och tar fram potatisar ur trälåren i skafferiet. Några jordklumpar hamnar på golvet och hon tar upp så mycket hon kan med händerna. Slänger ut jorden genom ytterdörren och går sedan till brunnen där hon hissar upp en hink vatten. Med tankarna hos Svea står hon och ser ut genom köksfönstret samtidigt som rotborsten gnuggar fram och tillbaka.

Annalisa kommer in.

"Så bra att du hämtat vatten redan och kommit igång. Jag skär av ett par bitar fläsk och kokar upp några bönor också. Det blir väl bra?", säger hon halvt för sig själv.

Linnea ser Annalisa försvinna in i skafferiet.

En timme senare sitter de alla tre runt köksbordet. Det doftar gott av stekt fläsk, bönor och kokpotatis. Men Linnea känner inte den hunger som hennes mage sätter kurrande ljud på. Hon kan inte sluta tänka på stackars Svea som ligger ensam i en sjukstuga nu och har ont.

Linnea petar runt maten på tallriken och försöker svälja ner några tuggor innan hon ursäktar sig och går upp på rummet. Hon lyssnar till ljuden från köket. Annalisa diskar och Per går ut för att se till djuren innan läggdags. När allt till slut tystnat och huset är mörkt sluter hon ögonen. Men sömnen vill inte komma fast hon är helt slut. Tankarna vandrar mellan Svea och flickorna på hennes skola. Vad skulle mor ha sagt? Hon var alltid så bra på att trösta. Både Per och Annalisa hade försökt trösta henne i dag. De gjorde sitt bästa, det visste hon. Ändå gav det ingen tröst. De är som främlingar för henne. Hon längtar efter sina syskon. Kan hon be Annalisa hjälpa henne få kontakt med dem? Hon ska fråga om det imorgon när de åker till sjukstugan. Hon slumrar till, lugnad av tanken. En kort stund hinner hon sova, innan hon vaknar med en förnimmelse av att inte vara ensam i rummet längre.

"Hallå?", viskar hon.

Någon rör sig mot henne. Hon sätter sig upp och drar filten hårt om sig.

"Hallå, vem är det?" frågar hon igen med högre röst.

Så känner hon hur någon sätter sig på madrassen. Hon drar efter andan för att skrika, men får en hand över munnen.

Kapitel 7

"Sch", säger någon och släpper handen för hennes mun.

Hon hör att det är Per och andas lättad ut. Men vad gör han här mitt i natten?

"Hur mår du?" viskar han. "Förlåt att jag skrämde dig. Jag kunde själv inte sova. Tänkte på hur det måste kännas för dig nu med din syster på sjukstugan."

"Tack", viskar Linnea tillbaka.

Hon berörs av hans omtanke, men samma obekvämlighet som när han lagt handen på hennes knä tidigare i dag infinner sig ändå. Han sitter nära henne i sängen. En vuxen man hon knappt känner. Hon drar i nattlinnet så det täcker knäna under filten.

"Fryser du?" frågar han och lägger en arm om hennes axlar.

Hon blir stel.

"Nejdå, ingen fara. Jag är trött bara och vill sova nu."

”Jag förstår och ska inte störa dig mer. Jag ville bara se hur det var med dig.”

Han reser sig upp och går ut ur rummet. Linnea pustar ut. Skäms över sin reaktion. Han ville bara vara snäll.

Morgonen därpå hoppar Linnea kvickt ur sängen. Hennes första tanke är att hon snart ska träffa Svea. Hon hör att någon är i köket och skyndar sig ner. Men där står Per och inte Annalisa som hon hade hoppats.

”Var är Annalisa?” frågar hon.

Per ser upp från morgonmaten.

”Hon mår inte så bra. Det var något med magen. Hon sover nu. Bäst vi låter henne vila i dag.”

”Men...”, börjar Linnea, men tystnar igen.

Om Annalisa är sjuk kan hon såklart inte tjata på henne att åka till Svea. Innebär det att hon måste till skolan i dag? Linnea väljer att inte fråga Per. Kanske hon kan stanna hemma och hjälpa till på gården i stället för Annalisa. Och om Annalisa piggnar till under dagen kanske de kan åka till Svea senare. Hon bestämmer sig för att hålla fast vid den tanken och så snart Per gått ut börjar hon plocka undan och städa upp i köket. Efter någon timme gör hon i ordning en bricka med gröt och en mugg kaffe och går upp till Annalisa. Hon knackar två gånger innan hon gläntar på dörren och går in. Det är skumt där inne med gardiner för fönstren. Hon anar konturerna av Annalisa under filten i den bortre sängen.

"Är du vaken?" frågar hon lågt. "Jag har med lite gröt och kaffe till dig."

Linnea ställer ner brickan på sängbordet och försöker dra undan gardinerna så ljuset kan komma in. Men de korvar sig och fastnar uppe vid stången. En decimeter åker de isär i alla fall och mer ljus tränger in i rummet. Hon hör Annalisa vända sig i sängen.

"Hur mår du?" frågar Linnea och ser på henne.

Hon ser ut att ha gråtit. Ansiktet är svullet och ögonen rödkantade.

"Är du ledsen?"

"Det är ingen fara. Lite huvudvärk bara. Vad fint av dig att göra frukost till mig. Så omtänksamt."

Linnea skyndar sig fram för att räcka henne gröttallriken och skeden. Annalisa slevar i sig några skedar och tar sedan en klunk av kaffet.

"Tack snälla lilla Linnea. Jag ska vila en stund till så kommer jag ner sen. Kan du städa ute i ladugården och ge Lill-Per mat under tiden."

Linnea nickar och springer ut till ladugården. Hon frågar inte om Svea. Hon vill inte tjata. Inte heller säger hon något om att Per sa att det var magont och inte huvudvärk Annalisa hade. Kanske han missuppfattat bara.

Hon fyller på i foderhon till korna och Rupert. Städar bort stallgödsel och fyller på med rent strö. Under tiden tänker hon på nattens händelse. Det är något som känns olustigt, men det är svårt att fånga tanken. Hon vet inte om hon vill tänka mer på det. Hur kan hon vara så dum och elak att hon misstror Per som tar hand om henne och Svea och vill se efter hur hon mår? Varför ska hon ifrågasätta hans avsikter? Hon slår undan alla tankar och fokuserar på att få rent i stället. När ladugården ser bra ut går hon tillbaka in i huset. Hon ser Per ute på åkern. Han försöker flytta på en stor sten med ett spett. Varje dag sliter han hårt för att de ska kunna få mat på bordet.

I köket öppnar hon skafferidörren och tar ut några torkade brödkanter. På en tallrik ligger en halv potatis och några bönor från gårdagens middag. Hon föser ihop allt i en skål som hon tar ut till Lill-Per. Ser efter så han har vatten att dricka. Medan han glufsar i sig maten kliar hon honom bakom örat. Han svarar med svansviftning utan att lyfta huvudet från matskålen.

"Mat och kli bakom örat? Nu skämmer du allt bort honom", skrattar Per som går förbi och in i huset.

Linnea tar Lill-Pers tomma matskål och går efter Per in i huset. Annalisa är inte i köket. Hon verkar inte ha stigit upp än. Per ser plötsligt på henne som att han kunde förstå vad hon tänkte.

"Jag tror inte Annalisa kommer kunna åka till sjukstugan i dag. Ska du och jag åka i stället?"

Linnea funderar. Det skulle kännas bättre med Annalisa, men samtidigt har han nog rätt och hon vill verkligen se hur Svea har det. Hon nickar.

"Jag ska bara tvätta av mig. Du kan väl ta ut Rupert så länge?"

Linnea springer till ladugården. Hon har aldrig tagit ut Rupert själv tidigare. Hon upptäcker att hon inte ens når upp till manken på honom. Han är enorm. Som tur är, är han också väldigt snäll och följsam. Hon är precis på väg att hämta en pall när Per kommer in.

"Jag kom på att du kanske inte når upp", sa han och tog över.

En kort stund senare sitter de båda i kärran bakom Rupert som går i stilla mak mot staden.

"Vill du hålla i tömmarna?", frågar Per efter en stund.

Linnea skakar på huvudet.

Per makar sig närmare henne. Lägger ena armen runt henne och placerar läderremmen i hennes händer.

"Det är bra för dig att kunna köra. Här, det är inte svårt", säger han och håller kvar armen runt henne och sitter så nära att deras höfter rör varandra.

Hon försöker flytta sig från honom, men det är omöjligt eftersom hans arm hindrar det. Han luktar svett och torr jord. Hon sitter tyst med tömmarna i händerna.

"Vad duktig du är", säger han och ler.

Linnea stirrar rakt fram på vägen utan att svara. Den korta biten till sjukstugan känns som en evighet.

Kapitel 8

Hon får syn på Svea direkt. I en säng längst in i sjuksalen, tillsammans med ett trettiotal andra människor, ligger hennes lillasyster. Hon ser liten ut i vuxensängen. En arm och ett ben i gips och så huvudet lindat med bandage. Mitt i sin ynkedom ler Svea stort när hon ser Linnea komma mot henne.

"Har du mycket ont?" frågar Linnea samtidigt som hon lägger en hand på Sveas oskadda arm.

"Ja, ganska", svarar Svea. "Men det känns mycket bättre nu när du är här. Jag vill komma hem."

Linnea ser på Per.

"När får hon komma hem?"

"Jag ska se om jag får tag doktorn", svarar Per och går iväg.

Linnea sätter sig på en stol bredvid Sveas säng.

"Jag var så rädd när jag ramlade", säger Svea. "Jag trodde jag skulle dö och att du skulle bli ensam kvar utan en endaste i vår familj."

Båda systrarna får fuktiga ögon vid den tanken.

Per kommer tillbaka.

"Doktorn sa att benet har en svår fraktur och måste hållas i streck minst en vecka till innan Svea kan komma hem. De vill vara säkra på att det läker ihop rakt så hon inte blir halt. Hon har tur som är så ung och kan läka bra."

"En vecka?" utbrister Svea och greppar efter Linneas hand.

"Jag kommer och hälsar på dig varje dag efter skolan", säger Linnea.

"Kom nu", säger Per. "Vi måste hem igen. Jag har mycket att göra innan kvällen."

Linnea pussar Svea på kinden innan hon motvilligt följer med Per. Det gör ont att lämna Svea ensam kvar.

Under hela hemfärden sitter de tysta. Linnea hoppas Annalisa mår bättre och ska vara uppe när de kommer hem. Medan Per tar in kärran och Rupert, springer Linnea in i huset.

”Hallå? Annalisa?”, ropar hon redan i farstun.

”Hej Linnea”, svarar Annalisa från köket.

Det doftar kaffe och nybakt bröd. När Linnea kommer in i köket ser hon Annalisa lägga en handduk över två ugnsvarma råglimpor.

”Vad gott det luktar”, säger Linnea.

”Sätt dig ner så ska du få en smörgås”, svarar Annalisa och sätter fram en kaffekopp åt sig själv och ett glas med mjölk till Linnea.

Under tiden som de njuter av det varma brödet berättar Linnea om Svea och vad doktorn sagt.

”Stackars lilla Svea”, säger Annalisa. ”Jag ska packa ner extra smörgåsar till dig imorgon så kan du ge Svea efter skolan.”

”Tack”, svarar Linnea. ”Mår du bättre nu?”

”Det är ingen fara med mig. Tänk inte på det.”

Efter fikat går Linnea ut på gården. Lill-Per kommer springandes till henne. Hon sätter sig på huk och kramar om honom. Så känner hon en droppe träffa hennes huvud och strax därpå en till och sedan öser regnet ner. Hon ser Annalisa springa ut till tvättlinan för att plocka ner kläderna som hänger på tork. Linnea skyndar sig för att hjälpa till. De sliter ner byxor, kjolar och sängkläder så klädnypor flyger i luften. Båda fnittrar på väg in i huset. Stannar i farstun och torkar av sig regnet. Annalisa tänder i kökspannan och Linnea ställer sig framför den och håller upp händerna för att få värme. Hon drar av strumporna och hänger dem på en krok i taket alldeles ovan spisen. Annalisa gör likadant.

"Jaha, då blir det till att dona inomhus en stund", säger Annalisa. "Vi kanske ska ta och koka ärtor till kvällsmaten. Hjälper du mig?"

"Såklart", svarar Linnea och går in i skafferiet efter ärtsäcken.

"Den är tung", säger Annalisa. "Här ta en kastrull med in i skafferiet i stället och ös upp ärtorna direkt i den. Jag hackar några morötter och lök under tiden."

Någon timme senare luktar det ljuvligt. En blandning av ärtsoppa och brinnande ved. Köket är så varmt att rutorna är immiga. Annalisa och Linnea är röda om kinderna när Per kommer in i farstun. Han är genomblöt och kall. Matdoften och värmen gör honom på gott humör och de får alla tre en trevlig stund vid middagsbordet. När allt är uppätet och undanstädat går Linnea upp till sitt rum. Där i skenet av fotogenlampan tar hon fram sitt block och penna från skolväskan. Hon börjar skriva ett brev till Svea, men så kommer hon på att Svea inte kan läsa ännu. Då ritar hon i stället en teckning som hon ska ge henne efter skolan i morgon.

Annalisa tittar in och säger god natt innan hon lägger sig.

"Har Per lagt sig?", frågar Linnea.

"Nej", svarar Annalisa. "Han skulle hämta in ved och vatten först så han slipper det imorgon bitti."

När Annalisa stängt dörren efter sig, släcker Linnea lampan och kryper ner under filten. Hon tänker på Svea som ligger där i sjukhussängen nu. Hoppas hon kan sova fast det värker i benet och armen. Stackars henne. Så tänker hon på resan dit och hur obehagligt det hade varit när Per lagt armen om henne och suttit så nära. Hon blir inte klok på om hon överreagerar och han bara försöker vara snäll eller om hon har rätt i sin känsla att något är fel med hans beteende. Hon önskar hon hade någon att tala om det med. Svea är för liten och ligger på sjukstugan. Kan hon tala med Annalisa? Men hon kanske skulle ta illa vid sig. Per är ändå hennes bror. Mest av allt önskar hon sig en jämnårig kamrat i skolan. En bästa vän hon kan berätta allt för. Ett ljud hörs och hon tar sig ur tankarna och försöker se sig om i det mörka rummet. Var han där?

Kapitel 9

Linnea hör hur dörren till hennes dörr skjuts upp. Hon stänger ögonen och försöker låta som att hon sover djupt. Så känner hon att någon drar i filten. Hon håller emot och sätter sig upp.

"Nej, sluta", väser hon.

Då får hon en tunga i ansiktet och förstår att det är Lill-Per. Hon skrattar lättat.

""Lilla gubben. Vad gör du här? Du får väl inte vara inne i huset om natten? Har du smitit in?"

"Han smet in när jag hämtade ved."

Linnea rycker till. Hon märkte inte att Per kommit in i rummet.

"Kom här", ropar Per och hunden följer efter honom.

Linnea hör hur de går ner för trappan och ytterdörren öppnas och stängs. Strax därpå hör hon Per gå uppför trappan igen. Hoppas, hoppas han inte kommer in här igen. Hon kniper ihop ögonen och hör hur fotstegen stannar till precis utanför hennes rum. Gå vidare, tänker hon. Snälla gå vidare. Men i stället för att gå vidare kommer stegen in i hennes rum.

"Nu är han ute i sin koja", viskar Per in i mörkret.

"Vad bra", svarar Linnea. "God natt."

Per svarar inte. I stället lägger han sig ner på hennes madrass. Flyttar sig nära. Hon har ryggen mot honom och håller krampaktigt om filten. Vågar inte säga något. Hon hör hans tunga andetag mot sitt öra. Så tar han hennes hand och pressar den mot sitt kön. Hon blir helt stel. Önskar hon kunde svimma för att slippa därifrån. Han rör handen upp och ner. Stönar högt. Rör handen snabbare och snabbare tills det blir vått. Då stannar han och släpper taget om hennes hand. Han sätter sig upp.

"Om du berättar det här för någon kommer du aldrig få se Svea igen", väser han innan han går ut ur rummet.

Linnea gråter ner i kudden. Hon vill kräkas och skrika på samma gång, men gör inget av det. När solen går upp har hon inte sovit en blund. Hon ligger kvar tills hon är säker på att han gått ut i ladugården. Sedan kliver hon upp. Tar av sig nattlinnet och på med kläderna. Nere i köket tvättar hon händerna länge innan frukosten.

"Vad tyst du är i dag", säger Annalisa. "Tänker du på Svea?"

Linnea nickar.

"Här", säger Annalisa och ställer fram ett paket med smörgåsar. "Det borde räcka till både dig och Svea. Hälsa henne så mycket. Jag ska gå dit imorgon och tala med doktorn för att se när hon får komma hem och om vi behöver ordna något här hemma inför det."

Linnea svarar inte. Hon äter upp gröten och lägger ner smörgåsarna i skolväskan innan hon ger sig av. Så snart hon kommit ur huset rinner de förbaskade tårarna igen. Hon känner sig äcklig, smutsig. Hon vill inte bo kvar där, men hur ska hon kunna ta sig därifrån och vart kan hon ta vägen? Hon önskar hon hittade hem till Kullbom, men hon minns inte ens åt vilket håll det är. Och inte kan hon gå iväg utan Svea. Plötsligt känns skolan som ett litet problem.

Tankarna snurrar hela vägen till skolgården. Hon märker inte ens att de ljushåriga flickorna stirrar på henne och skrattar när hon går mot trappan. När han passerar dem sträcker flickan närmast ut en fot så Linnea snubblar till. Som tur är faller hon inte till marken utan vinglar till och återfår balansen. Utan en tanke, fylld av ilska, knuffar Linnea flickan med all sin kraft. Flickan ramlar baklänges in i den andra flickan så de båda faller på stentrappan. Först när de skriker högt och andra barn kommer springandes inser Linnea vad hon gjort. Hon tar till flykt och springer bort från skolgården. In bland gränder, mellan hus. Så fort hon kan och så långt från skolan hon kan. När hon till slut stannar upp för att hämta andan vet hon inte längre var hon är. Hon ser sig runt, men känner inte alls igen husen. Linnea sjunker ner på marken. Känner den hårda kullerstenen under sig och nya tårar tränger fram. Hon är värdelös och omöjlig att tycka om. Det är något fel på henne, tänker hon.

En droska närmar sig och hon reser sig upp för att borsta bort smutsen från kjolen. När den passerar henne ser hon en finklädd ung kvinna i vagnen. Hon har en mörkgrön klänning med spets vid halsen. En hatt på huvudet i samma färg. Hela hon utstrålar en sådan självklarhet. Som att hon vet att hon är värdefull och har rätt till allt det goda i livet. Vad skiljer dem åt egentligen? Allt kommer Linnea fram till. Allt skiljer dem åt. Där och då inser Linnea att hon själv inte har den framtiden. Hon kommer bli piga på någon bondgård eller möjligen gifta sig och få en massa barn och kanske ett eget hem. Men vill hon det? Gifta sig med en man? Oavsett så är det många år kvar till dess. Så hur ska hon överleva så länge? Hon står inte ut en dag till i skolan eller hos Per. Mer tårar rinner utmed kinderna. Hon torkar hårt bort dem och börjar gå. Hon vill träffa Svea nu. Den enda i hela världen som hon håller av och hon vill inte att Svea ska se att hon gråtit.

Hon lyfter blicken uppåt och får syn på spiran på slottets tak en bit bortom hustaken. Utifrån det förstod hon vilket håll sjukstugan låg åt och började gå ditåt. Efter ett par kvarter möter hon en kvinna med barnvagn.

”Ursäkta”, säger Linnea och niger. ”Kan ni säga mig närmaste vägen till sjukstugan?”

Kvinnan ser medlidsamt på henne innan hon pekar och förklarar hur hon ska gå.

Linnea tackar och ler mot kvinnan, men inombords svider det. Vad hos henne gör att vuxna känner medlidande och jämnåriga instinktivt inte vill vara hennes vän? Vad är det för fel på henne? Hon skyndar på stegen och håller fast blicken i marken. En kort stund därefter står hon framför sjukstugan. Ett smutsvitt stenhus i slutet av en smal gränd. Det hörs gråt och skrik inifrån. Hon lägger handen på dörrhandtaget och drar upp den tunga porten. Det är mörkt och stinker urin blandat med sprit. Så fort hon förmår går hon till Sveas säng, men där ligger en spenslig farbror med skägg och tovigt hår.

Kapitel 10

Jag orkar inte mer, tänker hon. Det får inte ha hänt Svea något. Var är hon? Har hon dött? Det måste vara så. Varför skulle de flytta henne? Doktorn sa igår att hon skulle ligga kvar minst en vecka. Linnea ser sig om efter doktorn eller en sjuksyster. Så ser hon en blåklädd sjuksyster några sängar bort. Hon står lutad över en kvinna som jämrar sig av smärta. Linnea väntar tills sjuksystern lämnar patienten. Då skyndar hon sig fram.

"God dag, jag heter Linnea och jag letar efter min lillasyster, Svea. Hon låg där igår", säger hon och pekar mot sängen med den spensliga mannen.

Systern ser på Linnea och sedan bort mot sängen hon pekar på.

"Din syster ligger där uppe", säger hon och nickar mot en trappa.

"Tack", svarar Linnea och halvspringer mot trappan och tar två steg åt gången upp till andra våningen.

Där uppe är det lugnare. Inte lika många sängar. Men det som skiljer dem mest åt är att patienterna här är fastbundna och alla verkar sova. Linnea söker efter sin systers ansikte. Så får hon syn på Annalisa.

"Annalisa? Jag visste inte att du skulle hit i dag. Varför har de flyttat på Svea?"

"Linnea? Vad gör du här redan? Skolan har väl inte slutat än?"

Linnea svarar inte utan ser bara oroligt på sin sövda syster.

Annalisa suckar.

"Strax efter du gått till skolan fick vi bud om att Svea skrikit hela natten och hållit de andra vakna. De var tvungna att söva henne och nu kräver de att jag ska vara här hos henne så hon är lugn."

"Jag kan vara hos henne", säger Linnea.

Annalisa skakar på huvudet.

”Det går inte lilla vän. Det måste vara en vuxen. Per skulle komma förbi med några saker som jag glömde i all hast. Du kan säkert åka med honom hem sen.”

Linnea stelnar till. Hon tar fram smörgåspaketet ur väskan och ger det till Annalisa.

”Jag måste tillbaka till skolan. Vi har bara en kort rast nu. Kan du ge smörgåsen till Svea och hälsa från mig?”

Innan Annalisa hinner svara försvinner Linnea ner för trappan och ut från sjukstugan. Hon stannar till ute i gränden. Vilket håll ska hon åt? Hon vet bara att hon inte kan gå till skolan och hon kan inte sova ensam med Per i huset i natt. Ett kort tag funderar hon på om hon ska gå ner till hamnen och dränka sig. Men det vågar hon inte. Vattnet skrämmer henne. I stället styr hon stegen hemåt. Hon går en bit från grusvägen så hon ska kunna gömma sig i fall Per kommer med kärran. Han får inte se henne. Varje gång hon ser en kärra på avstånd går pulsen upp, men ingen gång är det Per. Det måste betyda att han är kvar hemma. Hon kanske kan hålla sig undan tills det mörknar och sedan lägga sig på skullen i ladugården. Det är bara några nätter innan Annalisa kommer hem. Glad över sin idé skyndar hon på stegen mot Granby.

På avstånd ser hon Per. Han hoppar precis upp i kärran bakom Rupert. Linnea hukar sig bakom ett snår av vildhallon. Hon sitter kvar där tills han passerat. Sedan går hon till huset och känner på dörren. Låst! Attans! Hon går runt till baksidan och trevar med handen i en hålighet i husgrunden där hon sett Annalisa lägga nyckeln en annan gång. Men det ligger inget där. Hon reser sig och går tillbaka till framsidan. Lill-Per står i hundgården och viftar på svansen. Hon går in till honom och sätter sig ner. Han slickar henne på händerna. Då minns Linnea att hon har kvar sitt eget smörgåspaket i skolväskan. Hon öppnar väskan och tar fram paketet. Delar smörgåsen med Lill-Per och ser på när han ivrigt äter upp varje smula. Så stoppar hon sin del i munnen och tuggar. Hunden ser på henne som att han vill säga: Har du kvar? Ska vi inte dela på den biten? Jag fick så lite.

Linnea skrattar till och klappar honom.

"Håller du mig sällskap på skullen i natt?"

Han lägger huvudet på sned och Linnea tolkar det som ett ja. Som från ingenstans överväldigas Linnea av en matthet. Armarna och benen är tunga. Hon lutar sig bakåt och låter huvudet vila mot en gräsplätt. När Lill-Per lägger sig över hennes mage kan hon inte hindra ögonlocken från att åka igen. Sömnen drar över henne som ett täcke.

När hon återigen öppnar ögonen står solen mitt på himlen. Men det ser hon knappt eftersom den skyms av Pers huvud. Han står lutad över henne och skrattar.

"Linnea? Sover du i hundgården? Kom in så ordnar vi något att äta och så får du berätta om varför du inte är i skolan."

Stel och nyvaken följer hon efter Per in i huset. Inombords ropar en röst att hon ska fly, men modet och benen sviker.

Kapitel 11

"Tar du fram brödet", säger Per.

Linnea går in i skafferiet och hämtar den sista brödbiten. När hon lägger det på bänken sträcker sig Per efter henne. Han tar om hennes handled och drar henne intill sig.

"Det där som hände igår", börjar han. Du behöver inte vara rädd. Jag menar, det ska inte hända igen."

Hon stirrar ner i golvet. Vill bara att han ska släppa taget. Även om hans ord gör att hon kan slappna av lite, så litar hon inte helt på honom. Hur vet hon att han inte ljuger?

De äter smörgåsar och Per dricker en kopp kaffe.

"Nå, säger han med munnen full. "Varför är du inte i skolan?"

"Jag ville bara gå och se hur det var med Svea, men så blev jag ledsen när de hade flyttat på henne."

"Blev du ledsen för att de flyttat på henne?"

"Ja, eller för att hon säkert varit ledsen och rädd. Det var väl därför hon skrikit."

Per nickar och stryker henne över kinden, men hon ryggar tillbaka.

"Du behöver inte vara rädd för mig. Jag lovar."

Linnea reser sig och plockar undan.

"Kan du mjölka korna sen?" frågar Per. "Jag måste över till grannen och hjälpa honom med en sak. Jag är hemma till middagen."

Linnea pustar ut när han gått iväg.

Ute i ladugården lägger Linnea kinden mot Rosas varma päls. Hon stryker kon över ryggen. I båset bredvid står Rosas barn Stjärna och Bella och ser på. Det är något tryggt med lukterna i ladugården och värmen från korna. Mjölkens sursöta doft blandar sig med hö och kobajs. Till slut slår hon sig ner på pallen och ställer hinken till rätta under Rosas juver. När mjölken fyllt hinken säger hon hejdå och går tillbaka till huset.

Utanför gläfser Lill-Per när hon går förbi.

"Är du hungrig?" frågar Linnea. "Jag ska hämta något åt dig."

När allt arbete med djuren är klart för dagen hämtar hon in vatten och tvättar sig. Hon lagar mat och äter innan Per kommer in. Så sparar hon mat till honom och går upp till sitt rum. För att kunna sova tryggt låser hon sin sovrumsdörr. Han blir säkert arg om han känner på dörren i natt och upptäcker att den är låst. Men det struntar hon i. Hon vågar inte sova med olåst dörr längre.

Som varje kväll snurrar tankarna när hon bara vill somna. Hon vill somna från Per och från tankarna på skolan och sorgen efter sin familjs splittring. Hon vill inte se bilderna av lilla Svea i sjukhussängen. Men hur hon än anstränger sig så vill inte sömnen komma. Hon lyssnar efter Pers steg i trappan, men han tycks vara kvar där nere. Hon hör spikande någonstans på gården. Varför spikar han nu? Det är mörkt ute.

Efter en bra stund hör hon skrammel i köket och sedan stegen i trappan. Han stannar till utanför hennes dörr, men går sedan vidare utan att känna på handtaget. Hon pustar ut och kan så äntligen få ro och sova.

Nästa morgon när Linnea kommer ner till köket har Per redan ätit frukost och gått ut. Det finns gröt kvar i grytan. Den är inte särskilt varm längre, men det får duga. Med mätt mage tar Linnea skolväskan på ryggen och börjar gå mot Vadstena. Hon har ingen avsikt att gå till skolan, men om Per skulle se henne så är det vad han kommer tro. I stället går hon mot sjukstugan. Hon struntar i vad Annalisa kommer säga om att hon är där och inte i skolan. Hon måste få träffa Svea. Just nu är det bara det hon tänker på. Svea är hennes enda familj nu. De måste hålla ihop.

Halvvägs in till staden passerar hon ett rött tvåvåningshus. Hon ser hur ytterdörren öppnas och en flicka från skolan kommer ut. Linnea har sett henne i klassrummet men aldrig talat med henne. Flickan höjer handen som i en hälsning när hon får syn på Linnea. Linnea väntar in henne.

”Hej”, säger flickan.

”Hej”, svarar Linnea osäkert.

”Vi går i samma klass. Jag heter Birgitta.”

"Jag heter Linnea."

Flickan nickar.

"Jag vet", svarar hon. "Är det jobbigt att vara ny? Alla är inte så snälla, men du ska inte bry dig om Greta och Lillian. De är elaka mot alla. Ingen gillar dem."

"Greta och Lilian? Är det de ljushåriga?"

"Ja, ljushuvena som Tommy brukar kalla dem."

Linnea känner skratt bubbla fram och kan inte hålla emot. Hon skrattar högt. Birgitta stirrar på henne, men sedan faller även hon in i skrattet. Linnea måste nästan nypa sig i armen. Tänk att hon går här med en klasskamrat och skrattar. Tänk vad livet kan komma med överraskningar när man behöver dem som mest. I stället för att gå till sjukstugan följer hon med Birgitta till skolan. De går in tillsammans och i klassrummet går Birgitta fram till fröken och frågar om hon får lov att sitta bredvid Linnea. Det får hon. Innan lektionen börjar kommer fröken fram till Linnea.

"Greta fick en bula i bakhuvudet när du knuffade henne igår."

Linnea stirrar ner i bänken och väntar på förmaningen. Kanske det blir skamvrån, eller bestraffning med linjalen över fingrarna.

"Men de andra barnen berättade att hon försökt sätta krokben för dig först, så jag tycker vi drar ett streck över detta om ni lovar att det inte händer fler gånger. Jag har talat med Greta och Lillian också. De har lovat att vara snälla mot dig i fortsättningen."

Linnea ser förvånat upp på fröken.

"Det ska inte hända igen. Förlåt", säger hon.

"Det är bra, Linnea."

Fröken går fram till katedern och börjar lektionen. Linnea vänder sig om och ser på flickorna där bak i klassrummet. Greta har ett bandage runt huvudet. Linnea skäms. Hon bestämmer sig för att be Greta om ursäkt på rasten.

När det är dags för rast tar Birgitta Linnea under armen och tillsammans går de ut på skolgården. De går till två andra flickor som hoppar hage.

"Det här är Linnea. Hon vill vara med oss", säger Birgitta.

"Hej Linnea. Jag heter Vanja."

"Jag heter Matilda. Är du bra på hage?"

"Inte så väldans, men jag är gärna med. Jag ska bara tala med Greta först. Jag kommer snart."

Hon går bort mot grinden där Greta och Lilian står. Flickorna ser förvånat på henne när hon kommer fram till dem.

"Gör det mycket ont?" frågar Linnea och pekar på Gretas bandage.

Greta rycker på axlarna utan att svar. Linnea kan inte tyda om hon är sur eller skamsen.

"Förlåt för jag knuffade dig. Det var inte meningen att du skulle slå dig."

”Vi har lovat att inte ställa till med något bråk, så det tänker jag inte göra. Men bara för att du ber om ursäkt tänker vi inte vara vänner med dig”, svarar Greta. ”Du är fortfarande äcklig och stinker.”

Linnea går tillbaka till Birgitta och de andra flickorna. Hon ler mot dem, men har en klump i magen.

Kapitel 12

Efter skoldagens slut skyndar sig Linnea mot sjukstugan. Till hennes glädje sitter Svea upp i sängen och har ett leende ansikte. Annalisa sitter vid hennes sida och de ser ut att tala förtroligt med varandra. Det gör Linnea glad, men ett abstrakt nyp av missunnsamhet finns där också. Tanken om att Svea snabbt bytt ut mor mot Annalisa far förbi. Linnea skäms över tanken. Hon vill bara Svea väl. Inte ska hon väl vara sådan att hon skuldbelägger sin syster för att hon är glad. Vad är hon för syster då? Hon slår bort känslan och ler stort när hon går fram till dem.

"Linnea", utropar Svea.

De omfamnar varandra och Linnea känner hur Annalisa ser på dem med värme.

"Hur var skolan i dag?"

"Bästa dagen hittills", svarar Linnea sanningsenligt.

"Det gläder mig verkligen", svarar Annalisa.

"När kommer ni hem?" frågar Linnea.

"När doktorn gick ronden i dag sa han att Sveas ben läker fint och att hon är redo att fortsätta sin läkning hemma inom några dagar."

Linnea blir glad, men allra mest lättad. Nu behöver hon bara hålla sig undan några nätter till från Per. Sedan är Annalisa och Svea hemma igen och hon kan pusta ut. Hon har dessutom nya vänner i skolan. Tänk vad ljusare världen plötsligt ter sig. Hon berättar om sina nya vänner i skolan och hur de lekt på skolgården. Annalisa och Svea lyssnar och ställer frågor. Därefter går hon hem till Granby.

Per syns inte till så Linnea går ut i ladugården för att se till korna. Hon stannar i dörröppningen. Skräckslagen av den syn som möter henne. Bakom Bella står Per med nerhasade byxor. Det kan inte vara sant. Hon har aldrig hört eller sett något liknande. Nu vet hon inte om hon ska skrika, springa ut eller låtsas som hon inte sett. Men hon står som förlamad och kan inte rör sig eller få fram ett endaste ljud. Än har han inte sett henne. Bella trampar oroligt. Per rör sig snabbare och ser upp mot taket. Så stannar han upp mitt i rörelsen innan han drar sig ur kon och ser rakt på Linnea. Halsen knyter sig och hon får ingen luft. Per får upp byxorna och går mot henne. Hon ska just vända sig mot dörren när han tar tag i hennes axel med ett hårt grepp.

"Jag är man och har mina behov förstår du. Utan en kvinna, som inte är min syster, är det svårt. Jag gör inte illa någon."

Han släpper taget om Linnea och hon drar upp dörren och springer ut på gårdsplanen, förbi huset och vidare längs vägen in mot Vadstena. Inte förrän hon är utom synhåll från gården stannar hon. Hjärtat slår hårt av både ansträngning och rädsla. Tankarna far runt och vägrar samla sig. Hon gråter. Vet inte vart hon ska ta vägen. Hon kan omöjligt sova i huset i natt. Magen kurrar och solen är på nergång. Hon känner sig matt av den känslomässiga bergochdalbanan de senaste dagarna. Tankarna avbryts av ett ljud. Det kommer någon på grusvägen. Det måste vara Per. Hon reser sig snabbt och börjar springa igen, men stegen kommer allt närmare.

"Linnea! Stanna!"

Han närmar sig så fort nu att hon förstår att det inte är någon idé att försöka. Hon stannar och blundar. Hör hur han också stannar precis intill henne. Han tar om hennes överarm och leder henne tillbaka mot huset. Apatiskt följer hon med.

De går in i huset och han föser henne mot en köksstol som hon sätter sig på. Han slår sig ner mittemot.

"Linnea", säger han. "Jag är ingen ond man. Jag vill inte skada någon. Titta på mig."

Han tar hennes haka och lyfter den så hon tvingas möta hans blick. Det förvånar henne att hans ögon är fuktiga. Han tror verkligen på det han själv säger.

"Förstår du att jag inte vill skada någon?"

Hon sväljer hårt. Han släpper taget om hakan och går ut ur huset. Smäller igen dörren bakom sig. Linnea sitter kvar och stirrar på den tomma stolen mittemot henne. I kroppen känns det som efter en mardröm. Fast det här händer på riktigt. Hon struntar i magens knorrande och rusar upp till sitt rum där hon noga låser dörren och kryper ner i sängen. Drar filten under huvudet och försöker med all kraft tänka på vad som helst utom Per.

Natten känns som en evighet. Linnea sover inte en blund. Hon lyssnar efter varje ljud och försöker hålla ögonen på dörren trots mörkret. Men ingen försöker ta sig in till henne den natten. Hon vill inte bo kvar. Även om Svea och Annalisa kommer hem, kommer hon aldrig känna sig trygg här och tänk om Per ger sig på Svea. Det får bara inte hända. Tanken får det att svida bakom ögonlocken.

Linnea går upp innan solen, tar med sig en bit bröd och skolväskan och går sakta in mot Vadstena. På avstånd ser hon Birgittas röda hus, där det fortfarande är mörkt. För henne har inte dagen börjat än. Linnea fantiserar om hur Birgitta ligger där inne i sin trygga varma säng och drömmer roliga drömmar. Med mor och far och sina syskon nära, som älskar henne. Så som Linnea hade det för inte så länge sedan, men det känns som flera år sedan eller som i en avlägsen dröm. Det hugger till i bröstet av längtan efter familjen. Hon sätter sig på en sten från vilken hon har utsikt över Birgittas hus. Efter ett tag tänds ett ljus i köket. Någon går ut på gården. Först till dasset och sedan till vedbon. En kort stund därpå ryker det ur skorstenen och köket fylls av vuxna och barn som sitter runt bordet och äter gröt. Så till slut öppnas dörren och Birgitta går ut med skolväskan på ryggen. Linnea springer ikapp.

"Hej Linnea!"

"Hej, ska vi ha sällskap till skolan?"

Kapitel 13

Flera gånger under dagen ser hon Greta och Lilian, de blänger på henne, men låter henne vara i fred. Det gör inget längre, för nu har hon vänner. Varje rast leker hon med Birgitta, Matilda och Vanja. Efter matrasten lägger fröken en hand på hennes axel och ler.

"Vad fint att du fått vänner i klassen."

Linnea ler tillbaka och går och sätter sig bredvid Birgitta. De har teckning på schemat och fröken har hängt upp en plansch på svarta tavlan med olika fjärilar. Först berättar fröken om de olika fjärilarna och sedan får alla gå fram och se närmare på dem för att välja ut vilken de vill teckna av. Linnea känner igen de gula fjärilarna. Citronfjärilar. Mor hade berättat om dem.

"Ta bort fingret. Du smutsar ner bilden."

Linnea rycks ur sina tankar. Framför henne står Greta med äcklad min och ser på Linneas finger mot citronfjärilen. Linnea drar åt sig handen och rodnar när några pojkar skrattar åt Gretas kommentar.

”Så, så”, säger fröken. ”Då har ni tittat klart och kan gå och sätta er igen.”

Med mors ord om fjärilen i tankarna tecknar hon den på pappret. Hon är noggrann med detaljerna. Det är skönt att bara ägna sig åt teckningen en stund. Lektionen går snabbt och snart är skoldagen slut.

”Ska vi ha sällskap hem?” undrar Birgitta.

Linnea nickar och de går tillsammans ut på skolgården, men där väntar Per med oxkärran. Hjärtat bultar hårt. Linnea blir villrådig. Tänker att hon och Birgitta kan smita innan Per ser dem, men han har redan sett dem och nickar åt henne att komma.

”Vi ses imorgon”, säger hon till Birgitta.

”Men, vänta. Vart ska du?”

Birgitta ser frågande på henne.

”Det där är Per. Han jag bor hos.”

Som att Birgitta kan ana Linneas oro och motvilja att följa med Per säger hon snabbt:

”Kan du inte fråga om du får följa med mig hem en stund. Det går säkert bra för mor.”

Linnea nickar ivrigt.

”Vänta”, säger hon och rusar mot kärran.

”Hoppa upp”, säger Per barskt.

”Det där är min nya vän, Birgitta. Hon bor på vägen till oss och frågade om jag vill följa med henne hem en stund. Vi ska göra läxor. Får jag det?”

”En annan dag”, svarar Per. ”I dag har vi mycket att göra. Du måste hjälpa mig.”

Så fort Linnea klivit upp på kärran piskar han på Rupert som börjar gå. Linnea ser på Birgitta och skakar på huvudet.

Linnea sitter så långt ifrån Per hon kan.

”Vad behöver du hjälp med?”

”Imorgon kommer Svea och Annalisa hem. Svea kommer behöva mycket hjälp i början så jag tänker det är

bäst att Annalisa sover hos henne första tiden. Du och jag
ska göra iordning ett av rummen till dem.”

Linnea blir kall inombords.

”Vad menar du? Jag kan hjälpa Svea om hon behöver
det på natten.”

”Du ska till skolan på dagarna. Inte kan du vakna titt
som tätt om nätterna om Svea behöver hjälp. Nej, nu blir
det som jag sagt.”

Linnea inser at det inte är någon idé att protestera till
Per. I stället måste hon prata med Annalisa när hon
kommer hem. Per och Linnea åker hem och ordnar med
sovplats åt både Svea och Annalisa i köket eftersom Svea
inte kan gå upp för trapporna och Annalisa kan inte
ensam bära henne upp och ner på natten om hon behöver
till dasset.

Linnea är lättad över att hon får sova ensam i sitt rum
och slipper dela med Per som hon först trodde. När allt är
klart klappar Per henne på huvudet.

”Tack för hjälpen Linnea. Du är starkare än du ser ut.”

Hon gör sitt bästa för att inte rygga tillbaka vid hans
beröring.

Dagen därpå kan hon inte tänka på annat än att Svea och
Annalisa kommer vara där när hon kommer hem efter
skolan. Lektionerna och till och med rasterna känns som
evighetslånga, men till slut är det dags att gå hem. Hon
har sällskap med Birgitta vägen fram till Birgittas hus.
Sista biten småspringer hon.

"Hej Lill-Per", ropar hon glatt till hunden som viftar på
sin lilla svans i hundgården.

Köket är varmt och det luktar bröd och grönsakssoppa.
Svea ligger i kökssoffan med ett bolster bakom ryggen så
hon kommer upp i halvsittande. Hon ler stort mot Linnea.
Annalisa dukar fram mat på bordet. En blandning av
glädje och lättnad sprider sig inom Linnea när hon slår
sig ner vid bordet. Så kommer Per in genom ytterdörren.
Han sparkar av sig stövlarna och tvättar händer och
ansikte innan han också slår sig ner för att äta. Annalisa
sitter bredvid Svea och hjälper henne med soppan.

Linnea njuter av att Annalisa och Svea är hemma igen. Det känns tryggt att höra ljuden från dem när hon ligger uppe i sin kammare om kvällarna. Inte en gång har Per gjort något närmande eller betett sig konstigt på flera veckor och nu börjar Svea bli starkare. Benet läker bra och hon kan ta sig fram på egen hand med kryckor. Dock har hon fortfarande svårt att komma upp till övervåningen så ett tag till skall de sova i köket. Linnea sitter uppkrupen i kökssoffan och äter gröt. Svea sitter bredvid henne och Annalisa matar vedspisen med brännved. Utanför fönstret sveper höststormen förbi, ruskar om träden och tar med sig allt lösliggande.

"Tur jag inte ska till skolan i dag", säger Linnea och drar filten över benen.

"Ja, du kanske hade blåst bort", svarar Svea.

Annalisa skrattar åt flickorna.

På kvällen ligger Linnea i sitt rum och lyssnar på vinden som får hela huset att darra och knaka. Där nere har Svea och Annalisa redan somnat. Så ser hon ett litet fladdrande ljus borta vid dörren. Det tar en stund innan hon förstår att dörren öppnats och det är ljuslågan från en fotogenlampa som svajar. Hon blir stel. Andningen ytlig och det susar i öronen. Nej, inte Per. Gode gud låt det inte vara Per. Så ser hon hans ansikte i ljusskenet. Hör de tunga andetagen. Han släcker lampan och sätter sig på madrassen. Händerna trevar efter henne. Hon drar undan benen så han inte ska nå, men han flyttar efter.

Kapitel 14 (sju år senare, år 1912)

Linnea och Svea går tillsammans längs landsvägen.
Klockan är halv åtta och det börjar ljusna. Luften är
fuktig och det luktar vår. Det är plusgrader, men inte så
mycket mer så här dags. På träden har knopparna sakta
börjat öppnat sig och marken är äntligen fri från snön.
Men än har flickorna vinterkängor och långkappor.

Inne i Vadstena går Svea till samskolan. Det är hennes
sista skolår. Hon är tolv och går i femte klass. Linnea,
som är två år äldre, har fått arbete på ett bageri på
Knivsmedsgatan. Hon levererar bröd till både
privatbostäder, handelsboden, hotell och caféer. Varje
morgon klockan åtta kommer hon dit för att packa och
leverera brödet som bakats under de tidiga
morgontimmarna. Det är varmt och fuktigt inne i
bageriets lokaler. Linnea tar på sig sjaletten med
bageriets namn och börjar lasta ut dagens bröd på kärran.
När allt är på får hon en lista med namn och adresser av
fru Torstensson. Det är hon och maken som äger bageriet.
Frun sköter beställningar och kundkontakter medan
maken bakar brödet. Linnea och en pojke levererar sedan

brödet. Pojken arbetar fredag och lördag och Linnea
måndag till torsdag.

I dag är listan med namn lång och hon suckar.

"Linnea borde vara glad över att många vill ha bröd från
oss", säger fru Torstensson när hon hör sucken. "Annars
blir hon arbetslös."

Linnea nickar och niger innan hon tar upp handtagen på
kärran och drar iväg den mot första namnet på listan.
Majvor Vilander, Gropgatan 11. En råglimpa och tre
vetebullar. Hon tar påsen från kärran och går mot
entrédörren. Det luktar gott ur påsen och hon håller båda
händerna om den för att känna värmen. Två gånger
knackar hon på för att sedan lägga brödpåsen på trappan.
Hon ser noggrant till att den är försluten så inga fåglar
hinner ta för sig av brödet innan fru Vilander hinner ut.
Men det gick nog bra för hon hör dörren öppnas
samtidigt som hon åter igen lyfter handtagen på kärran
och rullar vidare till nästa.

Ett antal timmar senare är allt levererat och hon går
tillbaka mot bageriet för att ställa tillbaka kärran och

lämna in schaletten. Innan hon går hem fyller hon i arbetstiden på sitt tidkort. Det blir inte så många arbetstimmar per vecka, men lite pengar så hon kan bidra hemma. Det är skönt att komma från gården också och möta andra än Per och Annalisa. Särskilt nu när hon inte längre går i skolan.

Hemma på gården är det full fart med vårbruket och Per har börjat plöja. När Linnea kommer hem ser hon honom gå med plogen bakom den nya oxen. Rupert fick de avliva förra året. Han orkade inte längre. Alla stenar som kommer upp ur jorden läggs på hög. Annalisa hänger upp mattor på gårdsplanen och piskar dem.

"Ska jag hjälpa dig?" frågar Linnea.

"Ja tack", svarar Annalisa. "Kan du hämta ner de två som är kvar på övervåningen?"

Linnea springer upp för trapporna och hämtar trasmattorna som hon bär ner och ut på gården. Annalisa och Linnea blir avbrutna i sitt arbete av ett ohyggligt skrik borta från åkern. De släpper taget om mattan och springer mot Per. Han ligger på knä bakom plogen.

Framme ser de hur han blöder ymnigt från ena handen.
Den tycks ha hamnat under och han tycks inte få loss
den. Linnea springer fram till oxen och får honom att ta
ett steg fram så plogen kommer dras bort från Pers hand.
Han skriker högt när plogen skär än djupare i handen
innan den försvinner. Annalisa sliter av ett tygstycke från
sitt förkläde och lindar hårt runt hans hand.

"Linnea spring efter doktorn!"

Hon springer så hjärtat slår hårt och snabbt i
bröstkorgen. Vägen känns längre än vanligt. Men på
vägen tillbaka får hon åka med doktorn i droskan. Hon
ser ner på sina smutsiga kängor bredvid hans välputsade
lågskor. Framme på gården kommer Annalisa ut från
huset för att visa doktorn in. Per ligger på kökssoffan.
Blodet har tagit sig genom det tillfälliga förbandet.
Linnea vill inte se. Hon går upp till sitt rum och stänger
dörren om sig. Där tar hon fram sitt skrivhäfte hon har
sparat från skoltiden. Det finns några tomma sidor kvar
och hon tecknar Per på soffan med blod sprutandes från
en armstump och så två möss som ser på och skrattar.

Linnea kan inte tycka synd om honom. Så många gånger
han har gjort henne illa.

En stund senare knackar det på dörren till Linneas rum.
Det är Annalisa.

"Doktorn har gått nu. Det var riktigt illa att han skulle
skada handen mitt i vårbruket. I morgon får du gå förbi
Sörgården och höra med Emil om han kan hjälpa oss.
Kan du göra det efter jobbet?"

"Javisst", svarar Linnea. "Självklart."

Emil är två år äldre än henne och bor på sin föräldragård
tillsammans med mor och far. Hans två storasystrar är
gifta och har flyttat hemifrån. Linnea går dit dagen därpå.
Hon får syn på Emil huggandes ved utanför ladan och
höjer handen för att vinka. Han sätter klyvyxan i
vedkubben och ler mot henne.

"Linnea. Vad trevligt. Vad har du på hjärtat?"

Hon känner kinderna hetta medan hon berättar om vad
som skett med Per dagen innan.

"Klart jag hjälper till", säger Emil. "Jag ska bara få in det här i bon så kommer jag över."

"Jag hjälper dig stapla", säger Linnea och börjar ta upp den huggna veden från marken.

Kapitel 15

Varje morgon på väg till arbetet möter Linnea Emil som hjälper dem på gården. Per har blivit vresig och tvär av att ligga obrukbar på sofflocket om dagarna. Han ojar sig och ryter åt stackars Annalisa när hon städar och lagar maten. Linnea håller sig undan så gott det går. I dag skall hon handla efter arbetet och invänta Svea så de kan slå följe hem. Hon nickar åt Emil när de möts i grindhålet. Han lyfter på kepsen och ler stort.

"Är du kär i Emil?" frågar Svea när de kommit utom hörhåll.

Linnea puffar till lillasyster.

"Klart att jag inte är."

"Varför rodnar du så fort du ser honom då?"

"Det gör jag visst inte", svarar Linnea.

Inne i Vadstena går Svea till skolan och Linnea fortsätter till bageriet. Linnea drar kärran med bröd längs med stadens gator. Det är geggigt efter nattens regnskur och när hon är färdig med dagens runda är kjolkanten alldeles brunprickig. Hon försöker borsta av så gott det går innan hon går in i handelsboden.

Den lilla plingklockan längst upp mot dörren avslöjar att en ny kund kommer in. Grosshandlaren ser upp.

"God dag Linnea", säger han. "Vad får det lov att vara i dag?"

Linnea läser från sin handskrivna lista samtidigt som han plockar fram varorna, väger dem och lägger dem i en papperspåse.

"Ska jag skriva upp det eller vill du betala kontant?"

"Jag kan betala det nu", svarar Linnea och tar fram börsen ur kjolfickan.

Ute på gatan igen slår klockan ett slag. Det är en timme kvar innan Svea slutar för dagen. Vad ska hon göra under tiden? Hon tar sig via Smalegatan från Knivsmedsgatan till Rådhustorget. Går sedan via Storgatan uppåt till konditori Gillet. Det är inte många gäster där. Skoleleverna från samskolan har redan haft sin lunch och återgått till skolan. Linnea slår sig ner vid ett av fönsterborden. En servitris kommer fram och frågar vad hon önskar beställa.

"En slät kopp kaffe tack."

Linnea sitter sedan och smuttar på kaffet och ser ut på de som går längs Storgatan. Hon tänker på Sveas fråga om Emil i morse och kommer på sig själv med att le fånigt. Nog är han fin allt, men inte är hon intresserad av att skaffa sig någon pojkvän. På sätt och vis är hon för ung, men samtidigt allt för erfaren. Det gör henne ledsen att hon avskyr tanken på att gifta sig bara för att Per har förstört hennes kvinnlighet. Han tog inte bara hennes kropp. Det var mer som gick sönder. Hon förstår att hennes motvilja till jämnåriga pojkar inte är normal i hennes ålder. Hon ser på sina händer och kan nästan inte känna att det är hennes kropp. Det är som att första gången Per förgrep sig på henne, lämnade hon kroppen och ställde sig som åskådare. Hon tar en klunk kaffe och känner hur värmen sprider sig där inne.

Klockan slår två slag och hon skyndar sig till skolan. Den ligger bara någon minuts promenad från Gillet så lagom när hon anländer kommer Svea ut. Svea går tillsammans med två andra flickor och de skrattar. Linnea gläds åt att hennes syster sluppit mobbing och utanförskapet hon själv fick känna på första tiden i skolan. Än mer gläds hon åt att Svea sluppit undan Per.

"Hej", säger Svea när hon får syn på Linnea. "Kan vi gå till varmbadhuset efter skolan på lördag?"

"Varmbadhuset?", Linnea ser frågande på sin syster. "Varför vill du gå dit?"

"Vi talade om det i skolan i dag och Greta berättade att hon och hennes syster får gå dit varje lördag. Det lät så trevligt. Bra mycket roligare än att bada i den trånga baljan hemma."

"Vi får höra med Annalisa", svarar Linnea.

När de kommer hem möter Annalisa dem i trädgården.

"Hej flickor. Vad fint att se lite glada miner till skillnad från min bror. Han driver mig till vansinne. Måtte hans hand bli bra snart."

"Du kanske vill med oss till varmbadhuset på lördag", säger Svea. "Så slipper du Per en stund."

Annalisa skrattar högt.

"Jo du. Det hade varit något. Men jag har ingen baddräkt. Och inte ni heller för den delen."

Svea ser på Linnea med ledsen blick. Även Annalisa lägger märke till Sveas besvikelse.

"Jag skall se vad jag kan göra. Det kanske går att sy om några av era urväxta plagg."

Hon försvinner in i huset och flickorna följer efter.

När lördagen kommer har Annalisa sytt dem varsin baddräkt. Inte enligt senaste modet, men det är inget som systrarna bryr sig om. Det är fulla av förväntan. Men innan badet måste Svea gå till skolan. Eftersom det är lördag är det bara tre timmar och när skolan ringer ut för dagen står Linnea och Annalisa där och väntar. Svea kommer ut först av alla med ett stort leende på läpparna. De går längst småbåtshamnen och bort till varmbadhuset. På vägen passerar de även kallbadhuset, men det lockar inte så här på våren.

Annalisa och Svea går in först. När Linnea ska gå in skyndar sig en ung man fram och håller upp dörren åt henne. Hon tackar och han blinkar kvickt åt henne. Annalisa tar hennes arm och drar med henne till damernas omklädningshytter.

Svea och Linnea fnittrar när de byter om. De känner sig blyga i de tajta kläderna med korta ben. Som tur är har kvinnorna en egen avdelning och slipper visa sig halvnakna för okända män. Eftersom kvinnornas bassäng är mindre än männens betalar de också tio öre mindre för tillgång till dusch och bassäng. Efter tvagning och bad klär flickorna på sig. Annalisa har lovat en tur till Gillet efteråt.

De sitter vid samma fönsterbord som Linnea suttit vid ett par dagar tidigare. En man stöter till Linneas stol när han går förbi.

”Ursäkt mig”, säger han och lyfter på kepsen.

Linnea känner igenom honom. Det är samma man som hållit upp dörren till badhuset tidigare. Han stannar till mitt i rörelsen.

”Flickan från badet.”

Han får det att låta så speciellt. Som att han längtat efter att se henne igen. Som om hon är någon särskild för honom. Linnea rodnar.

Kapitel 16

"Richard Bear", säger han. "Och vem är ni min vackra fröken?"

"Linnea Bergstrand", svarar Linnea. "Och det här är min syster Svea och vår fostermor Annalisa."

"Angenämt, vi kanske ses fler gånger. Jag är på genomresa, men stannar ett tag. Kom från England för några dagar sedan och ska vidare till Stockholm och därefter till Berlin. Jobbet kräver detta flängande. Jag arbetar med konst. Gillar ni konst fröken?"

Linnea ser på Annalisa. Hon letar efter ord. Vad kan hon om konst? Hon gillar själv att teckna, men vet egentligen inte så mycket. Vad hette han som fröken berättat om i skolan? Michelangelo. Visst var det han som gjorde takmålningar.

"Det är roligt att teckna och jag tycker om konst, men är ingen Michelangelo direkt", svarar hon och hoppas att det inte låter allt för barnsligt.

Han måste vara minst fem år äldre än henne och så världsvan. Hon känner sig undergiven. Något hos honom får henne att vilja verka mogen och intressant.

Han ler mot henne och fortsätter gå mot ett bord längre in i rummet. Där ser Linnea att en vacker kvinna i hans ålder sitter och väntar. Är det hans fästmö? Var det för hennes skull han stannade här i Vadstena på vägen mellan England och Tyskland? För Linnea låter till och med Stockholm exotiskt. Det grämer henne att hon är oerfaren. En sådan som han skulle aldrig kunna finna henne intressant eller spännande. Vad skulle de kunna samtala om. Hon sneglar på honom och den vackra kvinnan. De ser ut att ha ett förtroligt samtal. När hon talar lyssnar han intensivt. Han böjer sig fram över bordet och ser på henne. Nickar emellanåt. Linnea kommer på sig själv med att önska det var henne han lyssnade så intensivt på. Richard Bear. Det låter gåtfullt och manligt.

Hemma igen springer Linnea upp till kammaren och tar fram sitt anteckningsblock. Hon skissar av den mystiska herr Bear och skriver hans namn under.

"Vad gör du?"

Linnea vänder sig om. Svea står i dörröppningen.

"Inget särskilt. Tecknar en sak bara."

Svea går fram och hinner se en glimt av teckningen innan Linnea rycker undan blocket.

"Är det han från Gillet? Är inte han för gammal för dig?"

"Det är bara en teckning", svarar Linnea.

"Jag trodde du var kär i Emil."

"Jag är inte kär i någon."

Linnea stoppar anteckningsblocket under kudden och lämnar rummet. Hon går ut till Lill-Per för att slippa lillasysters irriterande frågor och omogna påståenden. Han låter sig klappas. Hon ser på hans gråa nos som visar hans ålder, men ögonen glittrar som vore han inte mer än en valp.

"Fina, fina Lill-Per. Du är klokare än alla människor tillsammans."

"Hallå där."

Linnea ser upp. Där står Emil. Solen lyser bakom honom och hon för sätta handen som skydd för att kunna se på honom.

"Bländar jag dig?"

Han skrattar retfullt. Linnea skrattar också och kinderna hettar till.

"Är du färdig för i dag?" frågar hon för att leda in samtalet på något annat.

"Japp, dags att gå hem och klyva ved."

"Det blir långa arbetsdagar för dig", säger Linnea.

"Jo, ibland kan det vara slitsamt. Men vilka muskler det ger", säger han och flexar överarmarna.

Linnea rodnar igen. Vet inte vad hon skall svara på det.

"Kommer du till dansen i kväll?" frågar han när hon förblir tyst.

"Dansen? Vad är det för dans?"

"Lördagsdansen vid Krogarängen", svarar han. "Om du vill kan jag komma förbi så har vi sällskap dit."

"Gärna", säger hon snabbt innan hjärnan invänder med en massa moralkakor.

Samtidigt som han vänder sig om och börjar gå hoppar hjärnan ändå igång med alla invändningar som: Vad ska du ha på dig? Är du inte för ung för att gå på dans? Kommer du få gå för Annalisa?

Linnea skakar av sig tankarna och skyndar sig in för att leta efter lämpliga kläder. Hon river bland kläderna och Svea ser på.

"Vad gör du?" frågar hon.

"Jag ska på dansen och måste hitta något att ha på mig."

"Vaddå för dans? Med vem? Kan du inte bara ha din blå klänning?"

"Lördagsdansen i Krogarängen. Med Emil. Nej, såklart inte. Jag ser ut som ett barn i den."

"Med Emil? Men den mystiska mannen på Gillet då? Du är väl ett barn?"

Linnea suckar högt och sjunker ihop på golvet bland de kläder hon dragit fram.

”Jag är fjorton, inget barn. Mannen på Gillet är världsvan och vill inte ha någon som mig ändå. Dessutom ska Emil och jag på dans. Inte gifta oss.”

Då kommer Annalisa in i rummet.

”Vad gör ni flickor? Varför ligger alla kläderna på golvet?”

”Linnea ska på dans med Emil och hon vill verka vuxen och ha vuxenkläder.”

Linnea ger lillasyster en skarp blick och ser sedan mer försiktigt på Annalisa.

”På dans? Med Emil? I vuxenkläder?”

Annalisa ser ut som att hon håller på att explodera av skratt samtidigt som hon försöker se sträng ut.

”Svea, gå ner och börja skala potatis till middagen är du snäll. Jag vill tala med Linnea i enrum.”

Med en missnöjd suck klampar Svea ner till köket.

Annalisa slår sig ner på golvet bredvid Linnea.

"Jag är inte din mor och du är gammal nog att fatta egna beslut så jag kommer inte försöka hindra dig eller förbjuda dig att gå på dans. Men var försiktig. Håll dig till Emil och drick ingen alkohol. Om du vill kommer jag och hämtar dig med kärran."

"Tack, men jag vet inte om jag kan gå."

"Jaså, hur kommer de sig?"

"Jag har ingen klänning som passar till en danskväll."

"Ska vi ta en titt i min garderob? Jag var ung en gång i tiden och jag är bra på att spara saker även om jag inte kommer i dem själv längre."

Linnea slänger sig om halsen på Annalisa.

"Tack."

Ett par timmar senare knackar Emil på dörren. Linnea öppnar i en grön lång klänning som framhäver hennes ögon.

"Oj", säger Emil.

Linnea ler stort åt hans reaktion. Skönt att det inte bara är hon som blir ordlös ibland. De går mot dansbanan som ligger på vägen in mot Vadstena. Vårkvällen är vacker, men något kylig. Hon har en stickad sjal om axlarna. Emil berättar om sina systrar och deras barn. Linnea ser hur det lyser upp hans ansikte när han talar om syskonbarnen. Framme vid dansbanan betalar Emil inträde för dem båda.

"Vill du ha något att dricka?" frågar han.

"Jag tar gärna en sockerdricka."

Hon ser Emil gå bort mot försäljningsvagnen och hur han ställer sig sist i en lång kö.

En fågel skriker till och hon ser upp mot trädtoppen. Så känner hon hur någon kommer och ställer sig alldeles intill henne.

"Fröken Bergstrand?"

Kapitel 17

Herr Bear står nära. Hon kan känna hans rakvatten. Han luktar storstad och man på ett sätt hon aldrig upplevt förut. Hon blir fumlig och hittar inga ord som låter rätt. I stället förblir hon tyst. Ler bara fånigt. Som en liten flicka. Just nu vill hon känna sig vuxen, mogen för sin ålder.

"Vad tänker du på?" frågar han.

Vad kan jag möjligen svara som han kan tycka är intressant? Vad vet jag om honom? Han är berest och konstintresserad.

"Jag funderar över dansställen i varmare länder. Där man slipper frysa som här."

Hon gör sitt bästa för att låta mystisk och lagom intresserad.

"Och vad tänker ni själv på Herr Bear?"

"Åh, snälla du. Kalla mig Richard. Jag tänker på hur jag skall kunna ge er värme utan att vara allt för framfusig. Vad sägs om en dans?"

Han håller fram handen till henne. Hon ser oroligt mot Emil i kön, men han verkar knappt kommit halvvägs. En dans borde de hinna med. Hon lägger sin hand i Richards och känner hans kroppsvärme. Kylan är som bortblåst.

Med hans hand lätt mot hennes ryggslut far de omkring på dansgolvet till orkesterns böljande toner. När låten alltför snabbt tar slut ursäktar hon sig och försvinner bort mot försäljningsvagnen och söker efter Emil. Hon har tur. Just då kommer han gåendes med två flaskor sockerdricka.

"Där är du", säger han glatt.

Ett sting av skuld hugger till i henne.

"Ursäkta att det tog sådan tid. De var visst många törstiga", fortsätter han.

"Äsch, det kan väl inte du rå för", svarar hon och tar emot ena flaskan.

Dansen har gjort henne törstig och hon tar flera klunkar av drickan.

"Ska vi gå ett varv och titta medan vi dricker ur?" frågar han.

De går förbi kön till försäljningen, runt dansbanan och ser ännu fler köer.

"Vad är det för köer?" undrar Linnea.

"Det är dasset", svarar han. "Alla som köat för något att drick får sedan köa till dasset."

Hon skrattar till, men så får hon syn på Richard i ena kön och tystnar. Vill inte gärna att de två skall mötas. Så blir hon förargad på sig själv. Jag har inte lovat mig till någon av dem så vad har jag att skämmas över? Jag är här med Emil som vän och dansade en dans med Richard. Det är inget brott. Hon sträcker på ryggen och vinkar så i stället åt Richard när han ser åt hennes håll.

"Vem är det?" frågar Emil. "Inte för att jag har med det att göra, men jag känner inte igen honom. Han ser inte ut att vara härifrån trakten."

"De stämmer. Han är inte härifrån. Han är kringresande konsthandlare. Richard Bear."

"Det låter förnämt. Hur känner Linnea honom om jag får fråga?"

"Är du svartsjuk?"

Linnea kan knappt tro att hon vågade säga så. Hon ångrar sig direkt.

"Inte alls, men jag är nyfiken. Är du konstintresserad?"

"Förlåt mig", svarar hon. "Jo visst är jag konstintresserad, men det är inte därför jag vet vem han är. Jag råkade bara stöta på honom ett par gånger inne i stan och sista gången presenterade vi oss för varandra. Det är inte mer än så."

"På så vis", svarar Emil och ser lättad ut.

När Linnea druckit ur frågar Emil om hon vill dansa.

"Javisst, tack gärna."

Tänk att jag blir uppbjuden av två snygga män på min livs första dans. Det pirrar i magen. Hon förs runt på dansgolvet av Emil. Han doftar tvål och rent. Inte lika manligt och spännande som Richard. Men han är fin och omtänksam och han har ett vänligt leende.

Mitt i tankarna får hon syn på Richard med en annan kvinna på dansgolvet. Visst är det samma vackra kvinna hon sett honom med på Gillet. Nu är det hennes tur att känna svartsjukan. Vem är den kvinnan och varför intresserar han sig för Linnea om det där är hans fästmö?

"Vill du fortsätta dansa eller ska vi vila ett slag?" frågar Emil efter tre låtar på raken.

Linnea ser hur Richard och hans kvinna går av dansgolvet.

"Vi kan vila lite. Jag är ovan med de här skorna", säger hon och ser ner på sina lånade finskor från Annalisa.

"En till sockerdricka kanske?" frågar Emil.

Linnea skakar på huvudet och får syn på Annalisa vid grindarna.

"Det är dags för mig att åka hem", hon pekar på Annalisa. "Vill du åka med oss?"

"Jag stannar ett tag till. Tack för att du ville följa med mig hit och tack för danserna. Vi ses imorgon."

Emil böjer sig fram och ger henne en lätt puss på kinden.

"Tack för du tog med mig. Vi ses."

Linnea skyndar bort till Annalisa och de hoppar upp i vagnen och åker hem. På vägen funderar hon över sina egna känslor. Hon förvånas själv över svartsjukan mot Richards kvinna och hur det högg till när Emil ville stanna kvar. Hon vill helst inte att han ska dansa med andra flickor i kväll. Hur kan hon känna svartsjuka för dem båda. Hon är ju inte ens förälskad i någon av dem. Det här var något nytt i henne som hon inte alls tycker om. Hon skulle vilja berätta för Annalisa, men hon skäms över sina både omoraliska och ologiska känslor. I stället sitter hon tyst och längtar efter att komma hem och krypa i säng.

Dock blir det inte alls bara att krypa i säng där hemma. Svea ligger vaken och väntar på sin storasyster. Hon vill veta allt.

”Dansade du med Emil? Hur kändes det? Dansade du med någon annan? Hur såg det ut där? Var det någon som var full? Vad hade de andra flickorna för kläder?”

”Stopp nu. Du gör mig helt snurrig med alla dina frågor. Om du är tyst så ska jag berätta för dig. Och du måste lova att inte berätta för någon annan.”

Svea flyttar sig närmare sin syster.

”Jag lovar.”

Linnea berättar allt. Om Richard. Danserna, dofterna, kläderna, sockerdrickan och köerna till dasset.

Svea ser storögt på Linnea. Hon har filten uppdragen till nästippen.

”Vem vill du helst dansa med igen?”

Linnea funderar på frågan.

”Ingen av dem, tror jag. Det är nog enklast så.”

”Fegis”, säger Svea.

”Sov nu. God natt.”

Linnea pussar systern på pannan och blåser ut ljuset.
Sedan ligger hon vaken länge och fortsätter fundera på
Sveas fråga.

Kapitel 18

Måndag morgon vaknar Svea med halsont och feber. Hon får stanna hemma från skolan när Linnea går iväg till arbetet. Förutom att mjölka korna och skala potatis, tecknade Linnea flera porträtt av både Emil och Richard under söndagen. Det är som att bilderna ska ge henne svar, men dessvärre har de inte alls gjort henne klokare. Snarare mer förvirrad. Hon lovar sig själv att inte falla för någon av dem och gör hon det skall hon motstå det och hålla sig borta från dem ändå. Hon är medveten om att en kärleksrelation till slut kommer hamna i ett läge där hon förväntas gå hela vägen. Bilder av henne och Per fladdrar förbi och hon blir illamående. Hon kan bara inte. Så det vore dumt av henne att ge dem falska förhoppningar.

Strax utanför grindarna möter hon Emil.

"God morgon fröken Linnea", säger han med ett brett leende och en djup överdriven bugning.

Hon kan inte hålla tillbaka fnittret och niger lika överdrivet tillbaka.

"God morgon herr Emil."

"Hade ni trevlig på dansen i lördags?" frågar han.

"Ja mycket. Tack igen för att du bjöd med mig."

"Jag vill be om ursäkt för att jag inte följde dig hem. Jag ångrar det."

Emil ser skamsen ut.

"Äsch, jag hade Annalisa som körde mig hem", svarar Linnea. "Jag måste gå nu så jag inte kommer försent till jobbet."

Emil bockar igen och ropar:

"Ha den allra bästa dagen fröken Linnea."

Skrattande går Linnea vidare in mot staden. Måndagar är det ofta lugnare på jobbet. Färre beställer bröd efter helgen. Redan efter två timmar är hon färdig. I stället för att gå hem direkt strosar hon genom ett vårfint Vadstena. Visst är de icke kullerstensbelagda gatorna geggiga, men solen värmer skönt i ansiktet, människor är glada och ler mot varandra. Hon kan inte annat än le tillbaka.

"Nej, men se en sådan glad fröken Bergstrand. Är det någon särskild som får er att stråla så?"

Framför henne står Richard. Hon ser hans bruna tjocka hår. Ögonen som är ljusa som vattnet och de ser rakt på henne. Mot sin vilja blir hon varm om kinderna.

"Det är solen, våren och alla människor som gör mig glad. Blir ni inte lycklig av våren?"

Han skrattar varmt.

"Jo, våren gör mig lycklig. Och att se dig så glad gör mig också lycklig om jag får vara så rättfram och säga så."

Hon vet inte vad hon ska svara.

"Får jag bjuda på en kopp kaffe på Gillet?" fortsätter han.

Hon vill säga nej. Påminner sig om att inte uppmuntra, men han tar henne under armen och hon hittar inte styrkan att avfärda. De slår sig ner långt inne i konditoriet. Han drar ut stolen åt henne och när servitrisen kommer beställer han åt dem båda.

Hon tänker på dem som en åskådare. Hur ser de ut i andras ögon? Han stilig och världsvan, välklädd. Hon en enkel ung föräldralös flicka. Kroppen hennes är så ung och så tanig att ingen kvinnlighet gett sig till känna än. I hans närvaro skäms hon över det. Annars är det något hon tycker om. Hon vill inte sticka ut och ta mer plats än nödvändigt. Varken fysiskt eller genom uppståndelse över någon skönhet. Visst har hon senaste halvåret lagt märke till förändringar i ansiktsdragen och att män tittat lite extra, men så länge kroppen ser ut som en flickas snarare än en kvinnas går det an. Om männen inte som Per föredrar flickkroppar. Hon blinkar hårt och bestämt undan de tårar som försöker ta sig fram. Han ser det och tar hennes hand.

"Är du ledsen? Har jag gjort något fel?"

Hon skakar snabbt på huvudet.

"Nej då, inte alls. Jag får så torra ögon av blåsten och då rinner tårar när jag kommer inomhus."

Så enkelt hon hade fått fram en lögn som lät trovärdig. Hon skäms över sig själv. Vem har hon blivit?

Hon tillåter sig njuta en stund av deras samtal, hans närvaro och hans intresse för henne, men hela tiden påminner hon sig om att inte låta det gå för långt. Hon får inte ge några löften som måste brytas. När de skiljs åt på gatan utanför konditoriet stryker han henne över kinden.

"Det var mycket trevligt att få ett sådant okonstlat sällskap en stund. Du har gjort min dag molnfri fröken Bergstrand."

Linnea finner inte orden utan vinkar och börjar gå hemåt med hans ord ringande i huvudet. Okonstlad? Vad menar han med det? Anser han henne barnslig? Men det lät som en komplimang när han sa det.

De första hon gör när hon kliver in i farstun hemma är att fråga Annalisa.

"Om du beskrev någon som okonstlad, hur skulle den människan vara då?"

Annalisa såg ut att fundera.

"Någon som är ärlig och äkta, inte tillgjord."

Det låter bra mycket bättre än hennes egen tolkning. Var hon det? Ärlig? Hon tänker på sin fallenhet för at ljuga snabbt.

"Är det någon som kallat dig okonstlad på jobbet i dag?" undrar Annalisa.

"Ja, det var en kund och jag förstod inte riktigt vad hon menade."

Där gjorde hon det igen. Ljög innan hon tänkte efter, men hon ville av någon anledning inte berätta om stunden med Richard för Annalisa eller för någon. Håller hon på att bli en dålig människa? En lögnare?

"Hon tyckte säker du var trevlig och inte tillgjord som vissa kan vara", säger Annalisa.

Den tolkningen känns mycket bättre än hennes egna. Hon håller fast vid den.

Senare samma kväll vaknar Linnea av att hon är fruktansvärt kissnödig. Hon ligger kvar och försöker somna om. Det regnar där ute och blåser så rutorna skallrar. Hon vill verkligen inte gå upp och ut i mörkret och ovädret. Efter en stunds snurrande bland lakanen ger hon upp. Det går inte. Hon kommer aldrig kunna somna om i fall hon inte går ut på dass. Först trevar hon efter fotogenlampan och så smyger hon upp förbi Svea. Lampan tänder hon inte förrän hon är i trappan ner. Hon stoppar sina barfotafötter i de kalla stövlarna och tar på sig Annalisas långkofta ovanpå nattlinnet. Dörren flyger upp av vinden och hon får kämpa för att stänga den tyst. Lill-Per har krupit in i hundkojan. Han följer henne med blicken när hon skyndar sig bort till dasset.

Det är en enorm lättnad när hon sitter med linnet uppdraget och kisset äntligen kan släppas ut. Lättnaden övergår kvickt i panik och bultande hjärta när dörren flyger upp på vid gavel och just som hon tänker att det var vinden och pulsen är på väg ner igen ser hon Per.

Kapitel 19

Hans ögon är mörka och han ser på hennes kropp utan att riktigt se henne. Han ser inte skräcken i hennes ögon och tänker inte på henne som en flicka, en människa med känslor. Hela han har fokus på hennes kropp. Hon är bara en sak som han äger och har rätten att använda.

Hon skriker inte när han sliter av linnet. Inte heller när han vänder på henne och trycker hennes ansikte mot de kalla träplankorna. Med all sin kraft behåller hon blicken på fotogenlampan som hon ställt bredvid dasslocket. Repetitivt rabblar hon i sitt inre:

Se på ljuset, se på ljuset...

Till sist upptäcker hon att det är över. Han har gått. Hon sjunker ihop på golvet som är blött av regnet och blir sittandes en lång stund. Jag kan inte ha det så här. Det kommer inte sluta förrän jag tar mig härifrån. Med en nyfunnen styrka reser Linnea sig. Går in i huset och tar tyst på sig kläder, packar det hon kommer åt i en väska och går raka vägen ut ur huset och bort från gården, Granby och Per. Mest går hon bort från Per. Linnea lovar sig själv att aldrig mer låta någon annan ha makten över henne. Hon ska från och med nu bestämma över sig själv och ta hand om sig själv.

Som tur är har det slutat regna, men vinden håller i sig och drar och sliter i henne när hon går längs vägen mot Vadstena. Hon har lite pengar sparade. Kanske de räcker till att ta sig till Stockholm. Där skulle hon vara på tryggt avstånd från Per och visst borde det finnas arbete att få. Om hon kunde arbeta en sista dag på bageriet här först och få ut en slutlön och ett rekommendationsbrev så skulle hon ha bättre förutsättningar. Frågan är om hon vågar stanna en dag till. Naturligtvis skulle de leta först på bageriet. Hon väljer att chansa ändå. Troligen skulle de inte ens misstänka att hon rymt före kvällen när hon inte kommer hem till middagen. Stackars Svea. Linnea blir utom sig vid tanken på att lämna Svea utan att säga adjö eller med någon förklaring. Ska hon försöka ta med sig Svea? Fast då skulle hon inte kunna gå klart skolan och få betyg. Kanske Svea ändå får bättre förutsättningar i livet om hon stannar här. Per har aldrig gjort några närmande på henne. Dessutom kanske inte Linnea skulle klara av att försörja dem båda. Det var svårt nog att försörja sig själv. Med en övertygelse om att Sveas bästa är att stanna torkar Linnea tårarna och går vidare.

Hon tvingas vänta en timme innan det är dags att börja arbeta. Nerkyld och spänd tar hon dagens bröd och börjar gå sin runda. Hela tiden ser hon sig om efter Per eller Annalisa, men ingen av dem syns till. Efter arbetspassets slut går hon in till fru Torstensson och berättar att hon önskar sluta redan i dag.

”Vill du sluta? Det var tråkigt att höra. Har det hänt något i familjen? Jag menar det kommer plötsligt.”

”Jag behövs hemma på gården”, svarar Linnea utan att se fru Torstensson i ögonen.

”Jag förstår. Naturligtvis ska jag skriva ett rekommendationsbrev åt er. Ni har varit till stor nytta för oss.”

Linnea står och väntar på brevet och hoppas på en extra slant som slutlön.

”Här vännen, varsågod.”

Linnea tar emot kuvertet och skyndar ut. Hon hoppas hinna med ett tåg redan i dag. Vid stationen läser hon på tavlan över avgående tåg. Norrut går det tåg till Fågelsta och söderut till Ödeshög. Hur skulle hon ta sig till Stockholm? Hon frågar damen i biljettluckan.

"För att komma till Stockholm behöver du ta dig till Mjölby först. Därifrån kan du via järnvägen ta dig till Stockholm."

Linnea tackar och går tillbaka mot Storgatan igen. Hon behöver finna en droska som kan ta henne till Mjölby om det inte är försent för i dag. Var ska hon då sova i natt? Hon passerar Rådhustorget, Gillet och Stortorget. Dagens torghandlare har börjat packa ihop. Solen är på väg ner. Hon går neråt mot hamnen. Kan det finnas någon båt som ska uppåt Stockholm? Hon kommer ikapp en man som hon tycker sig känna igen. Visst är det Richard. Hon harklar sig ljudligt och han vänder sig om.

"Fröken Bergstrand. Så angenämt. Vart är ni på väg?"

Han håller fram sin arm som en riktig gentleman. Hon tvekar en kort stund innan hon tar den. Värmen från honom får henne att börja gråta. Plötsligt rinner orden ur henne. Alla dessa år hon hållit Pers övergrepp för sig själv. Bitit ihop för att skydda Svea, Annalisa och sig själv. Nu går det inte längre. Hon snorar och stakar sig. Inne i henne bankar hjärtat hårt. Hon är livrädd att han inte skall tro henne. Tycka att hon är fånig och överdriver. Eller än värre, tycka att hon är smutsig och äcklig som låtit en gubbe göra så med hennes kropp. När hon tystnar räcker han henne en näsduk. Den är vit och luktar såpa. Inte kan hon väl smutsa ner den.

"Kom", säger han och för henne upp mot Hovsgatan. "Jag hyr ett rum här uppe."

Han pekar mot Erik Wallins boktryckeri. Mot sitt bättre vetande följer hon honom upp för den smala trappan. Han tar fram en nyckel och öppnar dörren. Hon kliver in och ser sig om. Det är endast ett rum med bäddad kökssoffa, vedspis och ett litet fyrkantigt bord. Det känns intimt att kliva in i hans tillfälliga hem och se var han sover. Richard hjälper henne av med kappan och ställer hennes väska på golvet.

"Slå dig ner. Jag ska koka oss lite kaffe."

Hon ser på när han tänder i spisen och häller
kaffebönorna i kvarnen. Det luktar hemtrevligt när doften
från elden och kaffet blandas. Han häller upp kaffe åt
dem båda och sätter sig sedan mittemot henne.

"Hur kan jag hjälpa dig Linnea? Vill du att jag kontaktar
fjärdingsmannen eller ska jag spöa honom själv? Jag gör
vad du vill? Han ska inte slippa undan ostraffat för det
han gjort mot dig."

Linnea pustar ut. Han dömer henne inte utan vill
hämnas på Per. Hon blir nästan gråtfärdig igen, men av
hans omtanke.

"Jag vill bara långt bort från honom. Helst vill jag till
Stockholm, men det går inga tåg härifrån så jag behöver
ta mig till Mjölby imorgon."

Det känns skönt att anförtro sig till någon.

"Då hjälper jag dig med det. Jag ska själv till
Stockholm nästa vecka innan jag åker till Berlin. Du ska
få en adress."

Han skriver något på en lapp och ger Linnea.

"Det är adressen till en väninna. Jag telefonerar henne imorgon och låter henne veta att ni är på väg. Ni kan säker stanna där tills ni hittar något eget."

Linnea ser på lappen. Katarina Staffansdotter. Karlavägen 5.

"Tack", säger hon och stoppar ner den i fickan.

"Du kan stanna här i natt och i morgon hjälper jag dig hitta en droska som tar dig till Mjölby. Jag kommer förbi hos dig nästa vecka och ser hur du har det. Låter det bra?"

"Det låter nästan för bra för att vara sant. Jag är er evigt tacksam."

Han skrattar till.

"Det du varit med om är fruktansvärt och det jag gör nu är det minsta jag kan göra. Du förtjänar ett bättre liv."

Han tar hennes händer i sina. Hon tillåter sig njuta av värmen från dem en kort stund.

"Ursäkta mig. Jag är så trött och vill helst gå och lägga mig."

"Naturligtvis. Du har tvättställ där. Jag ska värma lite vatten. Behöver du till dasset så är det bara trappan ner och så direkt till höger."

En stund senare ligger hon nerbäddad i hans säng. Det är varmt i rummet. På bordet står ett ljus och hon hör hur han sitter och skriver på något. Till slut slumrar hon till.

Kapitel 20

Långsamt och ovilligt öppnar hon ögonlocken. Vad är det för filt hon har över sig? Hon har ingen brun filt. Det luktar annorlunda. Så minns hon. Per. Richard. Hon ska till Stockholm i dag. Det känns nervöst på både ett bra och dåligt sätt.

Linnea sätter sig upp och ser sig om i rummet. Var är Richard? Elden har slocknat och rummet är kyligt. Hon tar på sockorna och ställer sig. Det ligger en lapp på bordet.

Kära fröken Bergstrand.

Hoppas ni sovit gott. Jag fick dessvärre ett brådskande ärende. En vän har blivit sjuk. Jag kommer inte kunna följa er till droskan, men vi ses nästa vecka i Stockholm. Lycka till. Richard.

Hon skyndar på med morgonbestyren och går sedan ner mot Rådhustorget för att finna på en droska som kan ta henne till Mjölby. Det blåser isande vindar från Vättern, men molnen är borta och solen tränger fram. Hon hinner precis med en droska som tar henne och ett äldre par till

Mjölby. Paret berättar att de ska besöka sin sonson som bor i Mjölby. Han har precis utbildat sig till veterinär. Det är något rogivande med att lyssna på främmande människors liv. De beskriver så målande att hon kan se sonsonen framför sig. Hur han tar hand om alla dessa djur. Han verkar vara en fin människa.

"Och ni själv? Vad skall ni göra i Mjölby om jag får vara så nyfiken?" undrar damen.

Linnea ser på henne. Hon har vänliga ögon. Skrattrynkor och silvergrått hår. Linnea hade gärna haft henne som mormor.

"Jag ska ta tåget från Mjölby till Stockholm", svarar Linnea. "Där ska jag finna ett arbete och skapa mig ett bra liv."

"Ni är en modig flicka. Jag hoppas och ber för att ni ska få det bra liv ni söker i storstaden."

Framme i Mjölby släpper droskan av dem utanför järnvägsstationen. Linnea går in och ser på tavlan över dagens ankommande och avgående tåg. Klockan 11 prick går ett tåg till Stockholm. Det tar åtta timmar. Då är hon framme klockan sju i kväll. Hoppas de inte tar alltför lång tid att hitta till Karlavägen sen. Hon vill inte knacka på hos en främling sent på kvällen. Hoppas Richard hunnit telefonera också så hans väninna väntar henne.

Väl på tåget söker hon reda på restaurangvagnen och beställer en ostsmörgås och en kopp kaffe. Även om fru Torstensson gav henne en generös slutlön behöver hon vara sparsam. Hon vet inte när hon kan tjäna pengar nästa gång.

Efter den långa tågresan är det skönt att kliva av tåget i Stockholm. Björkarna har musöron och planteringarna fylls av tulpaner i sprudlande färger. Solen är på väg ner och bjuder på en pastellfärgad himmel. Där står Linnea med en väska i ena handen och en adresslapp i den andra. Nu ska hennes liv börja på riktigt. Hon skall lämna det gamla bakom sig och aldrig se sig om.

"Ursäkta, hur kommer jag till Karlavägen?"

Den unga mannen ser på henne.

"Karlavägen? Varför tar ni inte bara en droska?"

Hon orkar inte förklara sig utan ser sig om efter någon annan att fråga i stället.

"Ursäkta mig. Vet ni var Karlavägen ligger?"

Den här gången har hon stannat en äldre man. Han bär en portfölj och ser ut att bo i staden.

"Naturligtvis."

Han visar och pekar hur hon skall gå.

"Det kan inte ta mer än en halvtimme med dina raska ben", säger han innan han försvinner in i folkmyllret.

Han har rätt. Det tar mindre en trettio minuter innan hon står utanför porten till den adress Richard gett henne. Hon tar fram lappen igen. Katarina Staffansdotter. Hon finner namnet på namntavlan i porten. Andra våningen. De finns en hiss, men hon tar trapporna. Pressar in dörrklockan och väntar på steg där inifrån. Sätter örat mot dörren, men inte ett knyst hörs. Hon väntar en minut och provar ringa på igen, men inget hörs där innanför dörren. Klockan bör vara minst halv åtta nu och det är en vardagskväll. Visst kan hon vara ute på dasset eller i väg på något ärende, men om Richard telefonerat och hon vet

om att Linnea skulle komma så borde hon väl vara

hemma. Kanske hon inte vill att Linnea bor hos henne

några dagar? Det skulle inte vara konstigt. Linnea är en

främmande person för henne. Hon slår sig ner på översta

trappsteget för att vänta en stund. Vill inte ens fundera på

vad som sker i fall hon inte har något boende hos denna

Katarina. Linnea bannar sig själv för att hon inte ens

tänkt den tanken tidigare. Varför har hon inte haft någon

plan för vad hon skulle göra om det inte gick att sova hos

denna kvinna? Hotell har hon bara råd med någon

enstaka natt och det vill hon helst inte slösa pengar på. I

värsta fall får hon nog ändå ta in på hotell bara i natt och

sedan gå hit i morgon bitti och söka jobb hela dagen

imorgon.

Efter någon halvtimme är hon på väg att resa sig för att

gå, men då hör hon porten öppnas där nere. Hon ställer

sig upp och väntar. Hör steg uppför trappan. Det är en

elegant kvinna med ljust uppsatt hår och lång mörkbrun

päls. Hon ser först inte Linnea utan börjar söka i

handväskan och tar upp nycklar, men går till dörren bredvid.

”Ursäkta”, säger Linnea.

Kvinnan synar henne uppifrån och ner.

”Jag söker Katarina Staffansdotter.”

Kvinnan rycker oengagerat på axlarna.

”Jag har ingen koll på mina grannar, lilla vän. Här respekterar vi varandras integritet förstår ni.”

Så försvinner hon in och stänger dörren efter sig. Linnea går uppgivet ner för trappan och ut på gatan. Nu när solen gått ner och färre människor är ute känns Stockholm plötsligt inte lika rosaskimrande drömlikt som tidigare. Hon vandrar längs Karlavägen, ner på Artellerigatan, förbi Hedvig Eleonora och vidare mot Strandvägen. Hon viker av åt höger och kommer till Berzelii park. Där får hon syn på en skylt med hotell. Berns hotell. Det ser väldigt flådigt ut, men hon har inte så mycket val utan går in. En man bakom disken ser på henne som hon vore något skräp som blåst in från gatan.

Han verkar snabbt vilja få bort henne så inte andra gäster skulle behöva se skräpet. Han som arbetar här ser mer elegant ut än henne. Hon tar mod till sig och går fram.

"Vad kostar ett rum för natten?"

"Vi har tyvärr fullbelagt i kväll fröken. Ni kanske ska prova vid Klara i stället. Där finns Oden eller Linden. De kan nog passa er prisklass."

Han ler stelt. Hon tackar och går ut. Klara? Var ligger det nu då? Hon ville inte fråga den snobbiga mannen. Det måste finnas någon annan att fråga. Hon får syn på en hästdroska som står stilla i utkanten av Berzelii park och går fram till kusken.

"Klara? Javisst. Följ den vägen där ända tills Sergelgatan, fortsätt sedan till skylten med Klara östra kyrkogata. Där svänger du in vänster och så är du i Klarakvarteren. Men var försiktig. Det är inte de tryggaste kvarteren i stan."

Kapitel 21

Linnea håller hårt i väskan när hon svänger in på Klara östra kyrkogata. Ljuset från gaslamporna når inte in i alla vrår. När hon genar över Kyrkogården tycker hon själv att hon är modig. Hon läser Klara västra på en skylt och ser sedan Hotell Linden. Kusken hade helt rätt i att det inte verkar vara de tryggaste kvarteren. Utanför hotellet ser hon två unga lättklädda flickor som samtalar med en man. Även om Linnea inte är särskilt världsvan så inser även hon vad som försiggår. Hon tränger sig förbi dem och går in på hotellet. Det är mörkt och sunkigt. En stank av urin och rök slår emot henne. Bakom disken sitter en kraftig man med flottigt hår. Han ser trött på henne.

”Två kronor för en timme eller fyra kronor för en natt.”

”En natt tack”, svarar hon och räcker fram pengarna.

”Här är nyckeln. Rum 24. Andra våningen.”

Eftersom han inte gör någon ansats att resa sig tar hon själv sin väska och går mot trappan. När hon öppnar dörren till rummet är det kolsvart och kyligt. Hon trevar efter en lampknapp utan framgång. Längre in i rummet finner hon en sänglampa på ett nattduksbord som fungerar. Hon ser att kylan kommer från det öppna fönstret, men hur mycket hon än tar i får hon inte igen det. Hon går tillbaka ner till mannen bakom disken.

"Ursäkta, men det är ett fönster öppet i rummet och det verkar ha fastnat."

Mannen suckar högt.

"Här", säger han och räcker fram en annan nyckel. "Rum 32. Tredje våningen."

"Tack."

Hon tar nyckeln, går upp och hämtar sin väska i rum 24 och går sedan ytterligare en trappa upp till det nya rummet. Där är det varmt och lamporna fungerar som de ska. Hon pustar ut. Låser dörren bakom sig och sparkar av sig skorna. Ser att det till och med finns ett badkar och en vattentoalett. Hon spolar upp vatten till ett bad och klär av sig. När hon till sist ligger nersjunken i badet känner hon hur magen kurrar och kommer på att det var många timmar sedan hon åt något. Funderar över om det är värt att bege sig ut i Stockholmskvällen för att finna något att äta, men bestämmer sig för att vänta tills imorgon. Att vara hungrig är inte farligt, men natten där ute kan vara betydligt värre. Hon känner hur anspänningarna efter resan släpper och kroppen blir varm och mjuk. Sömnen infinner sig nästan omedelbart när huvudet landar på kudden.

Hon vaknar tidigt morgonen därpå och samtidigt som hon minns var hon är och då genast börjar oron gnaga. Vart ska hon ta vägen? Hur ska hon finna ett arbete och en bostad? Hon sköljer ansiktet med vatten och slår sig ner på toaletten för att kissa. Det första jag ska göra är att handla något att äta och sedan ska jag gå tillbaka till Karlavägen. Om Katarina inte är bortrest borde hon vara hemma så här dags på morgonen. Risk finns naturligtvis att jag väcker henne, men hellre det än att jag missar henne i dag igen.

Sagt och gjort. Hon tar med sig väskan och lämnar hotellet. I dagsljus ser Klarakvarteren mindre skrämmande ut. Inga skumma typer stryker runt och inga mörka gränder. Hon går tillbaka samma väg hon gått dagen innan. På vägen stannar hon vid Hötorget där flera morgonpigga torghandlare redan börjat packa upp sina varor. Hon köper med några salta kringlor från bagarevagnen och fortsätter sin promenad till Karlavägen.

Återigen trycker hon in ringklockan bredvid Katarina Staffandotters dörr. Nu hörs steg inifrån. Snabbt tuggar hon ur den sista biten kringla i mun och borstar bort eventuella smulor från kappan. Dörren öppnas och en oväntat ung dam öppnar. Hon kan inte vara mer än tjugo. Linnea hade väntat sig en något äldre kvinna som bodde i ett sådant nybyggt fint område i Stockholm. Hur har hon råd att bo så här?

"Hej, jag heter Linnea Bergstrand och kommer från Vadstena. Ursäkta att jag tränger mig på, men jag fick din adress av Richard Bear. Han sa att han skulle telefonera er och berätta om mig. Har han gjort det?

"Han nämnde er, men tyvärr har jag inte möjlighet att hjälpa till. Jag skall resa bort och har redan hyrt ut min lägenhet och jag kan inte direkt be min nya hyresgäst ta emot en okänd flicka som inneboende. Jag beklagar verkligen."

Kvinnan drar igen dörren utan att invänta svar från Linnea. Linnea sätter fingret på dörrklockan igen. Kvinnan öppnar dörren och ser med irriterad min på henne.

"Jag behöver komma i kontakt med Richard. Har ni möjlighet att lämna ett meddelande från mig nästa gång ni talar med honom? Kan ni säga att jag bor på Linden i Klara?"

Kvinnan skrattar högt.

"Det ska jag göra. Det ska jag verkligen göra."

Så åker dörren igen framför näsan på Linnea. Hon går ner för trappan och ut i staden. Dess skönhet är förrädisk. Det yttre speglar inte det som försiggår där inne hon människorna. Man kan inte se misären, lögnerna och falskheten i de vackra byggnaderna och allt vatten som omsluter. Jaha, vad gör jag nu? Jag behöver ett arbete. Hon plockar fram rekommendationsbrevet och går så rakryggad hon förmår in mot staden och dess butiker. Efter tre bagerier och lika många nej har ryggen böjt sig en aning. Hon slår sig ner på Feiths konditori på

Strandvägen och ber om en kopp kaffe. Bordet bredvid sitter två damer i trettioårsåldern. De har varsin barnvagn med sig som de drar fram och tillbaka medan de småpratar och dricker kaffe. Ena barnet börjar skrika och väcker det andra barnet som också börjar skrika. Mödrarna lyfter upp sina barn och försöker lugna dem. Linnea tar mod till sig och går fram till damerna.

"Ursäkta, jag har många småsyskon och är van vid småbarn. Vill ni att jag går en tur med dem så får ni dricka kaffet i lugn och ro? De får säkert plats bredvid varandra i samma vagn. Så gjorde mor när hon hade flera mindre barn."

Damerna synar Linnea och ser tveksamma ut. Självsäkert tar hon det ena barnet och vaggar det i famnen tills det tystnar. Lägger ner det i den största vagnen och gör sedan likadant med den andra.

"Jag tar bara ett varv runt kvarteret."

Damerna nickar till slut och Linnea börjar gå. Barnen somnar om nöjda av vagnens rörelse. Femton minuter senare är Linnea tillbaka vid konditoriet.

Ena damen ser ner i vagnen på de sovande barnen.

"Ni får betalt om ni tar ett varv till. Vad heter ni?"

"Linnea. Jag går ett varv till och om ni vill kan jag göra detta fler gånger."

Nästa gång Linnea är tillbaka kommer de båda damerna fram till henne.

"Kan ni ta en promenad med barnen samma tid nästa vecka?"

Hon räcker fram två tvåkronor. Linnea ser på mynten.

"Javisst, vi ses här om en vecka."

"Jag heter Majlis och det här är Agneta."

Kapitel 22

Linnea återvänder till Hotell Linden i Klarakvarteren mot sin vilja, men ska Richard kunna hitta henne måste hon stanna där till nästa vecka i alla fall. Hoppas hon kan lita på den där Katarina. Hon är inte så säker på det.

Linnea bokar samma rum för tre nätter framåt och betalar i förväg. Mannen bakom disken ser nu mer intresserat på henne.

”Så ni ska stanna i stan ett tag? Har ni fått tag på arbete?”

”Inte direkt”, svarar hon.

Hon känner sig inte bekväm i att berätta för mycket om sig själv för den här underliga mannen.

”Prata med flickorna här utanför. De kom till stan för flera månader sedan och jobbar för fullt.”

Han skrattade till som att det han sa var ett skämt. Linnea går upp med väskan till sitt rum utan att svara. Hon hänger upp kläderna på galgar i garderoben och går sedan ut igen för att hitta något att äta. Hon låser dörren noggrant.

"Kan ni rekommendera någon restaurang som inte är allt för dyr här i närheten?" frågar hon mannen bakom disken.

"Nej", svarar han utan att se upp.

Hon går ut och blir ståendes på trottoaren. Försöker komma på om hon passerat något matställe som sett prisvärt ut. Flickorna, som hon misstänker är prostituerade, ser på henne. Hon nickar åt dem och ler. Vill inte verka förmer. Det kan inte vara något roligt liv att tvingas sälja sin kropp till okända män. Ena flickan nickar tillbaka utan att le och kommer nu mot henne. Den andra följer efter lite bakom.

"Hej", säger den första. "Bor du på Linden? Du ser inte ut att arbeta som vi. Vad jobbar du med?"

Linnea bestämmer sig för att vara öppen. Dessutom är hon nyfiken på hur de hamnat här.

"Jag söker arbete. Behövde komma från min hemstad eller från min styvfar rättare sagt."

"Det var samma för henne", flickan pekar på väninnan. "Moas styvfar både slog och förgrep sig på henne. Ett riktigt rötägg är han. Visst får vi stå ut med vidriga män som bara vill ha våra kroppar nu också, men skillnaden är att vi får betalt och det är vi som bestämmer."

Linnea låter orden sjunka in.

"Men finns det inte andra jobb där ni slipper göra saker med män som ni inte vill? Jag menar det måste vara svårt om ni en dag vill gifta er och skaffa familj?"

Flickorna brister ut i skratt, men ganska snabbt fastnar det.

"Familj har vi fått nog av", svarar Moa. "Den enda man kan lita på är sig själv. Och vem skulle anställa någon som oss? Nej, det här kan vi och vi gör inget vi inte själva går med på. Det ger oss tak över huvudet och mat på bordet."

"Jag tror jag förstår", svarar Linnea.

Hon sträcker fram sin hand för att hälsa.

"Jag heter Linnea och kommer från Vadstena. Jag har arbetat på bageri förut och har med ett rekommendationsbrev. Jag ska prova att få en anställning på något av Stockholms alla bagerier."

"Jag heter Hilda", säger den första och tar Linneas hand. "Lycka till. Jag hoppas du hittar ett arbete."

Linnea fortsätter sitt sökande efter en restaurang och finner till slut ett gubbe med en korvvagn.

"En korv med bröd tack."

Han lägger korven i ett bröd och räcker henne den.

"Tjugofem öre tack."

Linnea tuggar i sig korven på vägen tillbaka till hotellet. Nu är det bara Moa kvar där utanför. Hilda måste ha fått napp. Linnea går upp till sitt rum och slår sig ner på sängen med anteckningsblocket. Jag måste göra upp en plan för morgondagen. Hon antecknar vilka bagerier hon varit på och vilka områden av Stockholm. Hon antecknar också namnet på kvinnorna med barnen samt tid och plats hon ska vara där nästa gång. Kan det vara en inkomstkälla att passa fler barn så deras mödrar får en stund för sig själva? Hon kanske kan få ha dessa två kvinnor som referenser? Om hon skriver lappar och sätter upp på anslagstavlor så når hon fler. Fast hur ska de komma i kontakt med henne? Hon inser att det inte ser särskilt bra ut att skriva adress eller telefonnummer till hotell Linden. Det kanske är bättre att fråga Majlis och Agneta nästa gång i fall de har fler väninnor som kan tänkas behöva barnpassning. Hon skriver ner det i blocket.

Nöjd med sina nya planer somnar hon snabbt den kvällen. Vaknar med ny energi och styrka. Ivrig att söka arbete på bagerier runt Gamla stan. Där hade hon fått tips om ett Wirströms och ett Sundbergs konditori och bageri, men det finns säkert många fler.

Hon frågar sig först fram till Wirströms som ligger på Stora Nygatan. Den unga flickan bakom disken hänvisar Linnea till att tala med Wirström själv. Hon blir visad in bakom ett draperi och där vid fönstret sitter en äldre man.

"God dag, jag heter Linnea Bergstrand och är ny i Stockholm. Jag har arbetat på bageri tidigare och söker nu arbete. Jag har ett rekommendationsbrev om ni vill se."

"Lilla tös. Det var härligt att höra er sköna dialekt. Visst är ni östgöte som jag?"

Han fortsätter berätta om barndomen i Boxholm och hur han kom till Stockholm som ung gosse och arbetade sig upp från springpojke till sockerbagare och nu som ägare. Så tystnar han tvärt och ser på Linnea.

"Varifrån kommer fröken?"

"Vadstena, eller Granby som är en liten by utanför Vadstena. Eller egentligen Rök."

Hon känner sig dum som stakar sig och inte kan svara rakt på frågan, men han skrattar hjärtligt.

"Vi östgötar måste hjälpa varandra. Eller hur? Ni kan få jobb som skyltflicka två timmar om dagen. Tyvärr kan jag inte betala mer än för två timmar, men det är alltid något. Vad säger ni? Vill ni ha det?"

"Ja tack. Jag tar gärna jobbet. Vad gör man som skyltflicka?"

"En skyltflicka bär på en skylt med reklam för vårat konditori här utanför så att folk ser att vi finns och påminns om hur sugna de är på sötsaker. Kom ska jag visa er."

Hon följer efter honom till ett förråd. Där tar han fram som en stor väst med axelremmar och två träskivor. En på magen och en på ryggen. Det står Wirströms konditori, adress och öppettider och så är det en vacker målad bild av en kopp varm choklad och en bakelse.

"Prova att häng den över axlarna så får ni känna hur tung den är."

Linnea gör som hon blir tillsagd. Den är rätt tung och remmarna skaver in i axlarna, men hon får lägga något tyg emellan och hon kommer bli starkare för var dag.

"Det ska nog gå bra. När kan jag börja?"

"Ni kan börja imorgon eftermiddag. Ska vi säga mellan klockan två och fyra, tisdag till lördag?"

”Tack, då ses vi imorgon.”

Kapitel 23

Linnea firar det ny arbetet med kaffe och en fralla innan hon går tillbaka till hotell Linden för att skriva upp det nya arbetet och inkomsten i anteckningsboken. Av de båda kvinnorna hade hon fått hela två kronor för en stunds barnpassning. Det var visserligen två barn och två mödrar så 1 krona styck kan man tänka. Som skyltflicka åt Wirströms skulle hon få en och tjugo om dagen för två timmars arbete. Sammanlagt skulle hon tjäna åtta kronor i veckan och runt trettiofem i månaden. Hon hade sett något anslag om rum uthyres för fem kronor i veckan. Det innebär att det inte blir mycket kvar till mat och övrigt, men det blir ändå billigare än att fortsätta bo på hotellet. Kanske hon kunde få fler barn att passa på förmiddagarna också om hon nu bara ska arbeta eftermiddagar som skyltflicka.

Hon ser på sig själv i spegeln ovanför handfatet.

"Bra jobbat Linnea. Du har ordnat med arbete helt på egen hand. Nu går du ut igen och ordnar ett hem också."

Hon ler mot sig själv och går tillbaka ut. Vart var det nu hon sett anslaget? Hon strosar runt de vägar hon gått tidigare när hon sökt arbete på bagerierna. Det är eftermiddag och solen skiner och värmer. Fåglar sjunger och hon ser vårblommor i rabatterna. Så slår det henne. Anslaget hade suttit utanför konstakademin på Fredsgatan. Hon hade tänkt på Richard och i fall han hade studerat där, men det kanske man inte gjorde som konsthandlare. Hon är osäker.

Lappen sitter kvar. Vilken tur. Hon tar ner den och stoppar den i fickan. Tjugofem kronor i månaden för ett eget rum i en lägenhet på Nygränd i Gamla stan. Varför sätter de upp anslag här om en lägenhet i Gamla stan? Hon som redan varit där i dag. Benen är rätt trötta efter allt gående, men det skulle vara skönt att få ett boende så nära arbetsplatsen också. Hon biter ihop och går tillbaka till Gamla stan igen. Två trappor upp på Nygränd tio, ovanpå en restaurang.

En dam med grön sjalett om håret öppnar. Inifrån hörs barnskrik och en katt slinker ut genom dörren.

”Jaa?” säger damen och ser trött på henne.

"Jag skulle vilja hyra ett rum om det fortfarande är
ledigt."

"Jag är inte så säker på det flicka lilla. Kom in först och
se på det."

Damen pressar sig mot väggen så Linnea kan komma
in. Hallen är liten och trång. Det luktar matos.

"Gå rakt fram och så är det andra dörren till vänster."

Linnea passerar ett matbord med två gossar i femårs
åldern innan hon kommer till rummet som hyrs ut. Det är
mörkt och luktar fuktigt. En smutsig matta ligger på
golvet och det finns en säng, ett bord och en stol. På
väggen rakt fram finns ett litet fönster med fönsterluckor.

"Jag tar det", säger hon.

"Då är det ditt. Du betalar den sista varje månad. Kan
du inte betala allt så åker du ut."

"Javisst. Kan jag flytta in i morgon?"

"Det går fint."

Stegen tillbaka till Klarakvarteren känns lätta fast benen värker. Hon har arbete och boende även om lönen är låg och boendet inte det bästa, men det är hennes. Utanför Linden ser hon Moa och Hilda. Hon vinkar åt dem.

"Väldigt vad du ser uppåt ut i dag", ropar Hilda.

"Jag har fått arbete och boende. Imorgon flyttar jag härifrån."

"Det var som attan. Gratulerar."

"Hur lyckades du med det?" frågar Moa.

"Jag hade turen och träffade på en annan östgöte. Han äger ett konditori och gav mig ett jobb."

Hon går in på hotellet och stannar vid disken. Nu sitter det en annan man där hon inte sett tidigare.

"Jag bokade och betalade för tre nätter, men kommer behöva flytta redan imorgon så då blir det bara två nätter."

"Jaha", svarar mannen.

”Jo, jag vill be om och få tillbaka mina pengar för den tredje natten eftersom rummet då är tomt och kan stå till förfogande åt någon annan.”

”Rummet är ert i tre nätter om ni betalat för tre. Om ni är där eller inte bryr inte jag mig om.”

Han sätter sig igen och tar upp en tidning.”

Linnea suckar och går upp till rummet. Hon lägger sig i badet och går igenom dagen i huvudet. Hon är stolt över sig själv, men ganska snabbt börjar tankarna vandra över till Vadstena och Svea. Hennes älskade lillasyster. Tårarna rinner längs kinderna ner i badvattnet.

Kapitel 24

Tidigt morgonen därpå tar hon sina saker och börjar gå mot Gamla stan. Staden börjar vakna till liv. Spårvagnarna skramlar och pinglar. Några dras med hästar och andra drivs med motorer. Unga gossar far fram på cyklar. Några enstaka mödrar går med barnvagnar. Säkert barn som inte får ro att sova inomhus. Luften är sval från vattnet med en ljusrosa pastellton. Linnea njuter av allt hennes sinnen tar in denna morgon. Hon ska till sitt nya hem och första dagen på jobbet. Först går hon till Nygränd. Där får hon egen nyckel som hon kramar hårt och låter glida ner i kjolfickan innan hon gör sig hemmastadd i rummet. Hon slår sig ner på sängen och lyssnar på husets ljud. Väggarna är målade ljusblåa, men här och var misspryds de av fuktfläckar. Hon reser sig och öppnar fönsterluckorna så ljuset kan komma in. Genast blir det trevligare. Bordet och stolen är trärena. Det vore fint att måla dem i någon varm färg så skulle rummet kännas mer hemtrevligt. Hon bestämmer sig för en promenad innan arbetspasset börjar. När hon går genom köket stoppar fru Landén henne.

”Kan ni laga mat?”

”Jo, en del kan jag. Jag brukade hjälpa till hemma”, svarar Linnea.

”De dagar ni lagar mat åt mig och barnen får ni äta gratis. Vad sägs om det?”

”Det låter bra. Jag kan laga alla dagar som det ser ut nu.”

”Utmärkt. Då säger vi så. Finns det inget hemma får ni gärna gå och handla så kan vi dra av de utläggen ni gör från hyran.”

Det hade inte kunnat komma lägligare. Linnea hade börjat fundera över maten. Att köpa mat ute och äta på restaurang varje dag var inte hållbart. Det här var en mycket bättre lösning. Hon får sysselsättning och mat medan fru Landén får tid till barnen och andra hushållssysslor. Maken har Linnea bara skymtat. Han har tydligen långa arbetsdagar på Bolinders fabrik vid Kungsholmen där man tillverkar allt från trappor till spisar och ångmaskiner. När han kommer hem sent på kvällen ska barnen ligga i säng, lägenheten vara städad

151

och maten stå på bordet. Helst ska frun också vara glad och engagerad när han berättar om arbetsdagen och frågar om hennes dag. Om Linnea kan avlasta med matlagningen kunde det hjälpa äktenskapet.

Inte mer än femhundra meter bort ligger Wirströms konditori. Det tar henne knappt fem minuter att gå dit. Bakom disken står samma flicka som sist. De hälsar på varandra och Linnea presenterar sig som den nya skyltflickan.

"Vad roligt. Jag heter Ida."

Linnea går bak för att hämta skylten. Hon har tagit med ett par stickade vantar för att lägga mellan banden och axlarna, så hänger hon på sig skylten och går ut i folkvimlet. Hon går fram och tillbaka och ler mot människorna hon möter. Det är infödda, tysktalande, fransktalande och några fler språk hon inte alls känner igen. Tänk vad härligt att få vara här och leva så mycket. Hon är i händelsernas centrum och känner sig mer levande än någonsin. Hon får lust att teckna av husen och folket. Det ska hon göra när hon kommer hem sen.

En timme senare är leendet stelare och fötterna ömmare.
Det är inte många som verkar titta på skylten hon bär.
Hon kämpar på en timme till innan hon går tillbaka till
konditoriet och hänger av skylten.

"Hur har det gått?" frågar Ida. "Vill du ha en kopp kaffe
innan du går hem?"

"Ja, tack. Mycket gärna", svarar Linnea och sätter sig
vid ett bord.

Ida kommer med varsin kaffekopp och slår sig också
ner.

"Jag vet inte om jag är så bra på att vara skyltflicka. Det
känns inte som att någon läser på skylten. Och så gör det
så ruskigt ont i axlarna. Jag är för klen."

Ida tar en klunk av kaffet och ser på henne.

"Linnea. Du har arbetat i två timmar. Av alla timmar du
levt så har du varit skyltflicka i två timmar. Ge dig själv
en chans. Du kommer bli starkare, modigare och växa
med uppdraget."

"Tror du verkligen man kan växa av ett arbete som skyltflicka. Jag menar vad gör jag för nytta egentligen.

"Du ser till att du får en inkomst så du kan äta dig mätt och få tak över huvudet."

Linnea funderar på det Ida sagt. Kanske ligger det något i det. Alternativet skulle vara att sälja sin kropp som Moa och Hilda.

"Jag ska ge det en chans. Ge mig en chans."

"Bra där", säger Ida.

Linnea går hem till Nygränd för att laga mat. Ingen är hemma så hon ser sig om i det lilla köket. Hon finner mjölk, ägg, potatis, salt sill, ärtor, morötter och lök. Det får bli en sillpudding. Hon tar fram kastrull och börjar skala potatisen.

När dörren öppnas och fru Landén med barn kommer in doftar det ljuvligt i lägenheten. Barnen kommer inspringande och ser nyfikna på spisen efter vad det är som luktar.

"I dag blir det sillpudding. Tycker ni om det?" frågar
hon barnen.

De nickar storögda och sätter sig vid matbordet.

"Glömde ni inte något nu gossar?"

Genast rusar de upp för att tvätta händerna innan de
kommer tillbaka till middagsbordet.

"Du anar inte Linnea, vilken börda du lyfter från mina
axlar."

"Jag är lika tacksam jag", svarar Linnea.

De slår sig ner runt bordet och alla hugger in med stor
aptit. Efteråt dukar Linnea av och diskar efter dem. Det
känns som jag tillhör en familj igen. Hon ler inombords.

Kapitel 25

Linnea vaknar öm i axlarna och fötterna, men entusiastisk över sitt nya sammanhang. I dag är det dags att ta sig bort till Strandvägen för att passa barnen, så mödrarna får en lugn stund. Hon ser ut genom köksfönstret samtidigt som kaffe och en skiva bröd intas. Mittemot sitter fru Landén med en stickning i händerna.

"Vad ska det bli?" frågar Linnea.

"Nya sockor åt barnen. Det är så kallt på golven om vintrarna."

"Är det svårt?"

"Inte alls. Vill du att jag lär dig?"

Linnea nickar ivrigt och flyttar över till kökssoffan bredvid fru Landén. Landén placerar stickorna i Linneas händer och vägleder henne maska för maska. Det tar inte lång tid förrän Linnea stickar för fullt. Så slår kyrkklockan längre bort och hon kommer på att det är dags att börja gå mot Strandvägen.

"Handlar du med primörer från Hötorget? Du kan ta pengar från burken där", säger Landén och pekar mot en liten plåtask på köksbänken.

"Javisst", svarar Linnea och tar med några mynt innan hon går ut.

Med solen mot ansiktet går hon genom Gamla stan, över Norrbro, förbi Gustaf Adolfs torg, Kungsträdgården och Berzelii park tills hon är framme vid Feiths konditori på Strandvägen. Tänk att det bara är en vecka sedan hon var här sist och blev så glad över att få uppdraget att passa barnen åt Majlis och Agneta. Nu ser hon dem komma gåendes med barnvagnarna. De vinkar åt henne.

"Linnea. Tack och lov att du är här. I dag behöver jag verkligen en kopp kaffe med en vän utan skrikande barn", säger Agneta och lämnar över barnvagnen direkt.

Linnea tar emot den och lyfter försiktigt ur Majlis barn ur sin barnvagn och lägger ner henne bredvid Agnetas.

"Då går jag en sväng. Ha det så trevligt nu."

Hon går längs Strandvägen bort mot Djurgården. Luften är varm och len mot ansiktet. Måsar skriker och det är härligt med havsluften. Tänk att hon har det här som ett jobb. Visst det är bara ett par timmar en gång i veckan, men ändå. Det är ett njutbart jobb. Hon vill nästan nypa sig i armen, men så vaknar lilltösen med ett högt skrik och väcker Agnetas gosse. Hon kommer på att hon glömt fråga efter barnens namn. Så förargligt. Nu känns det nästan sent att fråga. Linnea stannar vid en bänk och slår sig ner. Hon lyfter ur tösen och låter gossebarnet sätta sig upp i vagnen. Han ser sig yrvaket om och kisar mot solen. Flickan ser mindre ut. Hon kan inte sitta utan stöd. Linnea gissar på att hon är ett halvår medan gossen bör vara närmare året. Han är en rejäl gosse med knosiga armar och ben. Linnea sätter på honom den lilla sjömansmössan som ligger i vagnen för han ska slippa solen i ögonen. Han ser sig förnöjsamt om. Verkar inte alls rädd för henne eller sakna mor. Hon gungar tösen i knät och sjunger en barnvisa.

"Mors lilla Olle i skogen gick..."

Tösen gör stora ögon och ser fascinerat på Linnea. Även gossens uppmärksamhet har hon fångat. Hon fortsätter med flera visor. Alla hon kan minnas som mor sjungit när hon var liten. Flickan gnuggar sig i ögonen och Linnea lägger ner henne i vagnen igen. Även gossen ser trött ut och hon hjälper honom lägga sig bredvid flickan. Strax efter att Linnea börjat gå snusar de båda barnen igen. Hon går tillbaka längs Strandvägen till caféet där mödrarna sitter.

Agneta reser på sig och tar emot barnvagnen.

"Du är en ängel Linnea. Se de sover fortfarande."

"De vaknade en liten stund, men så somnade de om."

"Åh, så bra", säger Majlis och tar fram portmonnän för att betala Linnea.

Linnea tar emot pengen och tackar.

"Jag arbetar på ett bageri om eftermiddagarna, men är ledig förmiddagar. Ni har möjligen inga fler väninnor med småbarn som skulle önska avlastning någon annan förmiddag under veckan?"

Majlis och Agneta ser på varandra.

"Jag kommer inte på någon på rak arm", svarar Majlis.

"Inte jag heller", säger Agneta. "Låt oss fundera lite till nästa vecka."

Linnea går till Hötorget för att handla med färska primörer på hemvägen som fru Landén bad om. Där är det full kommers. Tulpaner i gult, rött och vitt. Sallad, vårlök, späda morötter i knippen och sparris. Kvinnor med barn i släptåg köpslår med handelsmännen. Linnea köper med två knippen morötter, en bunt vårlök samt stor knippe sallad. Hon ser riktigt fram emot att laga middag i kväll, men först ska hon till Wirströms konditori och arbeta några timmar till. Hon stannar till hemma för att lämna primörerna innan hon går till konditoriet.

På Wirströms konditori är det tomt sånär som på en äldre farbror som ska hämta med sig två bakelser. Det är hustruns namnsdag och han vill överraska henne. Linnea hänger på sig skylten och går ut på Stora Nygatan.

"Lycka till", ropar Ida efter henne. "Kasta in några kunder till mig."

Kapitel 26

Ida och Linnea sitter ner med en kopp kaffe efter arbetspassets slut. I övrigt är det tomt på gäster.

"Har du hört att herr Wirström ansökt om tillstånd för uteservering?" frågar Ida.

"Uteservering? Men vi har ju inte ens gäster så vi fyller upp borden här inne."

"Nej, men det är just därför. Han tror att uteserveringen kan locka hit fler."

"Ja, kanske", säger Linnea och tar en klunk av det varma kaffet.

"Jag hoppas det", säger Ida. "Annars är vi nog båda utan jobb snart. Han sa att alternativet var att sälja. Hans hälsa börjar bli sämre. Vet du att han fyller åttio nästa månad?"

"Åttio? Oj, inte illa och arbetar fortfarande varje dag."

"Kan inte vi ordna en liten fest för honom?" frågar Ida.

"Firar han inte med sin familj?"

”Hans fru gick bort för mer än tio år sedan. Hon fick
kräftan. Deras son bor i Amerika. Så det blir nog inte
mycket fira med familjen. Jag tror bara han har en bror
här i Stockholm, men de verkar inte umgås särskilt
mycket.”

”Så sorgligt”, svarar Linnea. ”Då tycker jag verkligen vi
ska ordna en fest för honom när han fyller åttio. Alla som
levt i åttio år och fortfarande går till arbetet varje dag
borde verkligen firas.”

De bestämmer sig för att göra en överraskningsfest och
bjuda in några stamgäster samt hans bror med familj.
Brodern blev glad över frågan och skulle ta med sig sin
hustru, deras barn och barnbarn. Hans dotter kunde
hjälpa till med maten. Den femtonde juni fyller han. Det
är tre veckor kvar så det finns tid att ordna allt. Frågan är
hur de ska kunna dölja allt för honom och få honom
komma tillbaka till konditoriet efter stängning.

”Det är jag som stänger den dagen”, säger Ida. ”Jag
skulle kunna telefonera honom i hans bostad och säga att
en vattenledning gått sönder.”

"Tänk om han ringer en rörmokare då?" säger Linnea. "Kan du inte säga att du blivit rånad och att polisen är där och vill att han som ägare kommer dit?"

Ida skrattar åt idén.

"Du har verkligen livlig fantasi, men det kan nog fungera. Bara han inte får hjärtstopp."

En vecka innan den stora festen blir Linnea inkallad till herr Wirströms kontor. Hon ser frågande på Ida som rycker på axlarna för att visa att hon inte heller vet vad han vill. Linnea går in till honom.

"Ni bad mig komma."

"Slå dig ner Linnea", säger han och pekar på en vit pinnstol.

Själv sitter han bakom ett stort skrivbord i en knarrande karmstol.

"Jag ska gå rakt på sak", säger han. "Som du vet går inte affärerna något vidare. Jag fick avslag på uteserveringen och behöver se över alla utgifter. Tyvärr tror jag inte skylten du bär på ger så många nya kunder.

Det är inte ditt fel, men jag har inte råd med den utgiften. Jag ville ge dig en chans. Vi östgötar måste hjälpa varandra."

Han ler besvärat mot henne. Hon ler tillbaka, men känner hur det knyter sig i magen.

"Jag förstår", svarar Linnea. "Vill du att jag slutar redan i dag?"

"Jag vill inte sätta dig i knipa, så jag tänker att vi trappar ner din anställning. I stället för fem dagar i veckan arbetar du två dagar i veckan en månad till och därefter får du sluta om inte ett mirakel sker och kunder strömmar till."

"Tack, jag uppskattar verkligen att jag inte behöver sluta direkt."

"Jag önskar jag kunde göra mer för dig", säger Wirström innan Linnea går ut från kontoret.

Tårögd återberättar hon samtalet för Ida.

"Jag vet inte ens om jag har råd att bo kvar."

"Ta inte ut sorgen i förskott nu", svarar Ida. "Det kanske löser sig. På något sätt kommer det ordna sig ska du se."

Linnea går sakta hemåt. Hon går raka vägen in i sitt rum och tar fram anteckningsblocket för att räkna på lönen hon kommer få närmaste månaden. Två kronor för barnvaktandet. Synd att inte Majlis och Agneta visste fler som ville ha barnvakt. Kanske hon ska sätta upp lappar om det? Tre dagar som skyltflicka blir tre och sextio i veckan. Sammanlagt fem kronor och sextio öre per vecka, vilket ger ungefär tjugofyra kronor i månaden. Hyran för rummet är tjugofem.

Hon vänder blad och skriver:

Jag heter Linnea och är ansvarstagande och van vid småbarn. Jag söker arbete som barnvakt. Behöver du få lite tid för dig själv eller vill du ha barnpassning medan du går ärenden, går till doktorn, hårfrisören eller liknande? Ring och lämna dina kontaktuppgifter till Wirströms konditori i Gamla stan. Telefonnummer: 345.

Hon läser nöjt igenom det hon skrivit och skriver sedan ordagrant samma på fem blad till. Beslutsamt går hon ut i stan och sätter en lapp på Kungsholmen, en i Gamla stan, en vid Strandvägen, en vid Kungsträdgården, en vid Hötorget och den sista på Södermalm.

Väl hemma igen har solen gått ner. Hon har missat middagen och kommer hem samtidigt som herr Landén. Det är så sällan de möts och hon blir generad.

”Det har varit en lång dag så jag ska gå och lägga mig”, säger hon och går raskt mot sitt rum.

”Har fröken fått någon middag?”

Linnea vänder sig om.

”Jag har inte hunnit med det i dag, men det är ingen fara. Jag klarar mig.”

”Kom och sätt er flicka. Det är inte bra att sova med tom mage. Jag kan behöva lite sällskap också.”

Linnea ser sig om efter fru Landén, men hon tycks ha somnat ihop med barnen under nattningen. Stelt lägger Linnea upp mat åt herr Landén och sig själv. Stackars fru Landén. Hon har fått stressa i dag med matlagningen.

Hoppas det fanns något hemma att laga maten av så hon åtminstone inte behövde gå och handla också.

"Linnea", säger mannen och fäster henne med blicken. "Det är så sällan vi ses. Jag arbetar långa dagar. Men jag uppskattar er matlagning ska ni veta och min hustru är så nöjd med er överenskommelse."

"Det var trevligt att höra."

Linnea funderar på om hon ska berätta om sin minskade arbetstid och lön, men något hos denne man påminner henne om Per och hon väljer att inte anförtro sig. Bättre att vänta och tala med fru Landén imorgon. Eller vänta och se om hon får svar på sin annons. Det kanske löser sig ändå. Ida kanske får rätt.

När tallrikarna är tomma tar hon dem och går till diskhon. Hon känner mannens blickar på sin rygg. Vill göra sig så liten och osynlig hon kan. Kvickt diskar hon klart, säger ett nästan ljudlöst god natt och skyndar sig in på rummet.

Kapitel 27

I dag är det Wirströms åttioårsdag. Trots nerskärningen av arbetstiden och inget är löst än, ser Linnea fram emot att få överraska sin chef i dag. Han är väl värd en fest. Det ska bli roligt att få se hans förvånade min när hans bror med familj dyker upp. Bara hon och Ida kan hålla sig och inte avslöja något under dagen.

Det är lunchtid. De som har råd går från arbetet för att äta på lunchrestaurang. Männen har tagit av sig kavajerna. Solen är i sitt esse i dag. Några barn spelar kula på gatan i skuggan av husen. Inne på Wirströms konditori står Ida och fläktar sig med en servett.

”Det blir varmt för dig i dag med skylten.”

”Ja, jag tog min svalaste klänning, men jag kommer nog ändå behöva byta om inför kvällen sen.”

Ida sätter fingret för munnen och nickar in mot kontoret. Lite lägre säger Linnea:

”Är allt redo tills... du vet.”

”Javisst. Vi ses här kvart över sex.”

Linnea hämtar skylten och går ut. Det tar inte många minuter innan svetten rinner längs ryggen. Hoppas bara inte det syns. Hon går nära husväggarna för att hålla sig i skuggan, men det hjälper inte mot värmen i dag. Folk är i alla fall glada. Det är fullt på uteserveringarna. Synd att inte Wirströms fick tillstånd. Det hade lönat sig en dag som denna. Om en vecka får Linnea sin sista lön och den kommer inte räcka till hyran, men hon har några kronor kvar sparat så denna månad kommer det lösa sig. Hon är mer orolig för kommande. Ingen har svarat på hennes lappar om barnvakt ännu. Hon måste börja gå runt till andra bagerier också. Kan hon göra mer arbete hemma hos Landéns mot sänkt hyra kanske? Hon har fortfarande inte berättat om sin minskade inkomst för fru Landén. Vill försöka lösa det själv först, men snart måste hon berätta. Det går inte att dra ut på det mycket längre nu.

Efter arbetspasset skyndar Linnea sig hem för att laga middag till Landéns, tvätta sig och byta om inför kvällens överraskningsfest. I en mörkblå klänning och uppsatt hår går hon mot ytterdörren.

"Men så fin du är", säger fru Landén. "Ska du träffa någon särskild?"

"På sätt och vis. Min chef fyller åttio i dag och vi ska överraska honom."

"Vad roligt och vad fint av er. Men det saknas något. Vänta lite."

Landén försvinner in i sovrummet. Linnea kan höra hur hon river runt där inne och drar ut byrålådor. Så kommer hon ut med en smyckesask i händerna.

"Vänd dig om", säger hon till Linnea som lyder.

Hon sätter på Linnea ett vackert halsband med en liten mörkblå sten som matchar klänningen perfekt.

"Åh, så vackert", säger Linnea.

"Jag fick det efter min mor", svarar Landén. "Men det är sällan jag får tillfälle att använda det."

"Jag ska vara rädd om det. Tack!"

Linnea kilar ut och bort till konditoriet. Där är säkert ett tjugotal uppklädda personer som väntar på att få fira herr

Wirström på hans åttionde födelsedag. Linnea letar efter Ida med blicken. Så får hon syn på henne längst in i rummet. Hon tränger sig fram mellan alla. Ida ser orolig ut.

"Jag har ringt och ringt, men ingen svarar. Det är över en halvtimme sedan han gick hem nu och han sa att han skulle direkt hem."

"Han kanske bara stannat och pratat med någon granne på vägen", svarar Linnea. "Prova om några minuter igen."

Ida väntar och provar, väntar och provar. Tiden går och gästerna börjar bli allt mer otåliga.

"Linnea, kan inte du gå dit och ringa på? Det här kommer bli en riktig flopp om huvudpersonen för festen inte kommer."

"Vad ska jag säga då för att få med honom hit?"

"Du kommer säkert på något. Gå nu."

Ida ger henne en lätt knuff i riktning på dörren och Linnea går för att locka med sig Wirström tillbaka till konditoriet. Vad ska hon säga? Vi har problem med kassaapparaten. Men varför skulle det vara brådskande? Låset krånglar och vi vill inte lämna det olåst över natten. Det kan nog fungera. Då måste han följa med henne tillbaka. Nöjd över sin påhittighet går hon upp för trappan till Wirströms bostad.

Linnea knackar på dörren. Ljud hörs från nedervåningen, men inte inifrån hans lägenhet. Hon knackar igen lite hårdare. Inget hörs. Hon känner på handtaget och dörren är olåst.

"Hallå", ropar hon och går in i hallen.

Inget svar.

"Det är jag, Linnea."

Hon går längre in i lägenheten och ser först köket. Där är det tomt. En tallrik med mat står på bordet. En katt kommer jamandes.

"Hej lilla vän", säger Linnea och böjer sig ner för att klappa katten. "Var har du husse någonstans?"

Linnea går vidare in i nästa rum. Sovrummet. Fönstret står på glänt och det hörs ljud utifrån gatan. Då får hon syn på honom nedanför sängen. Han ligger med ansiktet neråt. Linnea skriker till och sätter handen för munnen. Hon går närmare för att se om han lever. Det ser inte ut som han andas.

Kapitel 28

”Tänk att han dog på sin åttioårsdag”, säger Ida.

”Ja, och inte blev han firad heller. Han dog ensam i sin lägenhet i tron att vi glömt bort hans födelsedag. Så sorgligt”, säger Linnea.

De hjälps åt att städa och plocka undan efter festen som kom av sig. Familjen har nog med att sörja, ordna med begravning och allt praktiskt runt dödsfallet.

”Vad ska du göra nu?” frågar Linnea. ”Vi är ju båda utan arbete.”

”Jag hade tänkt berätta, men det har varit så mycket inför festen. Jonas friade häromdagen”, svarar Ida.

Linnea släpper sopborsten och omfamnar sin väninna.

”Grattis! Jag är så glad för din skull.”

”Tack, vi gifter oss till hösten och planen var ändå att jag skulle sluta arbeta efter det. Jonas är ivrig att bilda familj så snart det går. Vi klarar oss bra på hans lön säger han.”

"Och vad vill du?" frågar Linnea.

"Jag har alltid drömt om en stor familj med många barn. Jag har inga syskon själv och har saknat det. Vi vill samma sak, Jonas och jag."

"Då är jag väldigt glad för dig att din dröm går i uppfyllelse."

"Och du då Linnea. Vad ska du göra nu?"

"Jag visste att jag skulle få sluta så det blir inte lika abrupt för min del, men jag måste hitta något annat så snabbt som möjligt. Annars kan jag inte betala hyran. Men det ordnar sig. Jag kan säkert få arbete på något annat bageri och så har jag barnpassningen också."

"Jag hoppas det ordnar sig för dig. Och vi kan väl fortsätta ses ändå? Jag ska skriva ner min adress till dig så du kan komma och hälsa på."

Ida skriver adressen på ett papper och räcker över till Linnea.

De städar färdigt och skiljs sedan åt. Linnea går hem till sig och börjar laga middag till familjen. Rotfruktskaka med fläsk i stekpannan. När de ätit klart och barnen är lagda ber Linnea om att få tala med fru Landén. Hon berättar om Wirström som gått bort hastigt och hur hon själv nu endast har barnpassningsjobb två timmar i veckan. Lite sparpengar finns, men inte mycket.

"Jag är så ledsen för din skull Linnea. Dessvärre är vi beroende av den extrainkomst som uthyrning av ditt rum ger. Utan den har vi inte heller råd att bo kvar."

"Jag förstår", säger Linnea. "Det är en och en halv vecka kvar tills hyran skall betalas. Jag ska göra mitt allra bästa för att hitta nytt jobb. Annars flyttar jag ut i månadsskiftet."

"Jag är verkligen ledsen", säger Landén på nytt.

Linnea går in på sitt rum och borrar in huvudet i kudden. Tårarna bränner bakom ögonlocken. Hon vill inte gråta. Hon vill vara stark.

Dagen efter vaknar hon tidigt. Hon är orolig i kroppen och börjar städa i rummet för att ha något att göra. Så snart affärer och kaféer börjar öppna upp där utanför går hon ut. Jag måste hitta ett nytt arbete. Jag gör vad som

helst. Vågar inte ens tänka på hur det blir om jag blir
hemlös. Vad gör jag då? Åker tillbaka till Vadstena? Där
har jag nog inget att hämta längre. Undra om Richard
någonsin letade efter mig på hotell Linden? Eller om den
där Katarina ens gav honom min hälsning. Hon
bestämmer sig för att gå till hotell Linden för att fråga.
Det är ett långskott helt klart, men det skadar inte att
fråga.

Hon känner igen mannen bakom disken direkt när hon
kliver in. Han ser nonchalant på henne, men hon kan ana
en glimt av igenkänning även från honom.

”Jag bodde här ett par nätter för några månader sedan
och det kan vara så att en bekant fått adressen hit för att
söka reda på mig. Så jag undrar om någon var här och
frågade efter mig efter att jag flyttat?”

”Det är män här hela tiden som frågar efter flickor”,
flinar mannen. ”Inte minns jag om någon frågat efter just
er.”

Linnea drar en djup suck och går mot dörren. Handtaget är kladdigt och äcklad tar hon fram en näsduk ur fickan för att torka av sig.

”Behöver ni en städerska?” frågar hon förvånad över sitt mod.

”Behöver ni ett jobb?” frågar han tillbaka.

”Ja, det skulle vara bra. Behöver ni någon som städar?”

”Inte städar, men det finns större efterfrågan på flickor än vi kan tillgodose gentlemännen med.”

Linnea öppnar dörren utan att svara.

”Du skulle tjäna mer pengar på mindre ansträngande jobb än städning”, säger han just innan dörren stängs bakom henne.

Linnea skyndar sig därifrån. Aldrig i livet att hon skulle sälja sig till män. Äckliga män som betalar för att ha sex med flickor hälften så gamla som de själva. Snuskgubbar. Tror de att pengar ger dem rätten att göra vad de vill? Hon kokar av ilska. Ser män som Per framför sig. Illamåendet sköljer över henne. Hon sätter sig ner på en bänk för att lugna sig. Den där mannen bakom disken ska inte få förstöra hennes dag. Hon måste fokusera på vad det är hon ska göra nu. Vad är nästa steg?

Kapitel 29

När Linnea kommer hem den kvällen har hon besökt tio bagerier, åtta hotell och fyra restauranger. En del bemötte henne vänligt, men meddelade att de inte hade några lediga jobb. Andra bemödade henne inte ens ett svar, utan bad henne bara lämna stället snarast. Nu ömmar fötterna och tårarna är nära, men hon börjar i stället hacka lök till kvällens middag som blir potatis och löksoppa med bröd till.

"Hur har det gått för dig med jobbsökandet?" frågar fru Landén.

"Inget napp i dag, men jag ska söka fler i morgon", svarar Linnea. "Jag tror det kommer gå bättre imorgon."

"Det gör det säkert", svarar Landén.

Linnea reser sig och börjar duka av.

"Jag dukar undan och tar disken i dag", säger Landén. "Tack för att du lagade så god mat till oss."

"Tack", svarar Linnea och går in till sig.

Hon slänger sig på sängen och tårarna strömmar. Nu går det inte att hålla emot längre. Förbaskade tårar. Förbaskade äckliga män. Förbaskade Per. Så tänker hon på Svea och ännu fler tårar tränger sig ut. Hon gråter så det gör ont i kroppen. Hon får ingen luft. Tårarna tar inte slut förrän hon somnar.

Nästa dag är ögonen svullna, men hon känner sig starkare och ännu mer beslutsam. Hon ska klara det här. Hon ska inte svika sig själv och bli hemlös. Med en ny bestämdhet klär hon på sig, skvätter kallvatten i ansiktet och går ut. Himlen är grå och luften är varm och fuktig. På väg mot Östermalm går hon via Klarakvarteren och får syn på Hilda i ett gathörn. Hilda ser glad ut och Linnea vinkar.

"Hej Linnea. Det var länge sedan. Hur går det för dig i storstan?"

"Helt ärligt så går det inget vidare nu. Jag har blivit utan arbete och har en vecka på mig att hitta något nytt så jag inte blir bostadslös också."

Hilda skakar på huvudet.

”Jag vet hur det är. Stressen över att försörja sig. Ingen att be om hjälp. Men jag skulle kunna hjälpa dig. Om du vill. Det är en bransch med hemskt rykte, men det ger tak över huvudet och mat på bordet.”

”Du menar...” börjar Linnea.

Hilda nickar.

”Det är inte så illa om man kan knepen. Jag kan bli din mentor.”

Linnea ser på Hilda. Hon har hela och rena kläder. Ser inte alls smutsig eller orolig ut.

”Men är det inte fruktansvärt att män du inte känner ska få göra vad de vill med din kropp bara de betalar?”

”Det får de absolut inte”, svarar Hilda. ”Jag sätter upp regler innan så de vet vad som gäller. Är det en man som beter sig märkligt så säger jag ifrån. Jag väljer kunder själv. Och man behöver inte gå hela vägen. En del nöjer sig med handjobb och närhet.”

”Jag vet inte”, svarar Linnea. ”Det var inte så jag tänkte mig mitt liv.”

”Det behöver det inte vara heller. Själv ska jag göra det här några år. Spara ihop pengar och sedan skaffa mig ett bättre liv.”

”Jag får nog fundera lite”, svarar Linnea.

”Gör det. Här har du min adress.”

Hilda räcker över en lapp med sin adress. Linnea går fundersamt vidare mot Östermalm. Skulle hon bli en gatflicka? Prostituerad? Var inte det så nära botten en människa kan komma? Att behöva sälja sin egen kropp. Känslan av uppgivenhet uppfyller henne, men hon skakar av den kvickt och går bestämt vidare. Jag ska finna ett respektabelt arbete i dag. Något hotell måste vilja ha en städerska eller något bageri behöver väl en skyltflicka eller brödleverantör?

På Grev Turegatan får hon syn på två biografer och får en idé. Hon går först in på Östermalmsbiografen. En kostymklädd herre är på väg att sätta upp en filmplansch.

”Ursäkta mig, jag heter Linnea och söker arbete. Jag har arbetat på konditori tidigare och är van att ge service till kunder. Har ni behöv att någon biljettförsäljare eller kanske en skyltflicka?"

Mannen skakar på huvudet.

"Tyvärr inte, men lämna gärna ditt namn och telefonnummer där ni nås. Så kan vi höra av oss om någon slutar eller blir sjuk. Kan ni hoppa in med kort varsel?"

"Javisst, jag kan vara på plats inom kort om ni hör av er."

Hon skriver ner sitt namn och numret till Landéns innan hon går vidare till nästa biograf, Elite biografen. Där står två kvinnor i blålila dräkter. De ser nästan ut som flygvärdinnor, tänker Linnea. Hon går fram till kvinnorna och presenterar sig själv och sitt ärende. De ler vänligt mot henne.

"Tyvärr vännen. Vi har redan den personal vi behöver. Jag är ledsen", säger den ena.

Linnea går ut från biografen och stannar till utanför på trottoaren. Vart ska hon ta vägen? Hon tar fram lappen

med Hildas adress. Om hon går dit har hon ett jobb och
pengar till hyra, men hon ger upp på sig själv. Hon
längtar efter Svea och Annalisa. Annalisa hade kunnat ge
henne tröst och råd, men den dörren är stängd. Nu har
hon bara sig själv. Hon sväljer ner den envisa klumpen i
halsen och går söderut mot Birger Jarls gata. I slutet av
gatan ser hon en skylt med namnet restaurang Riche. Den
ser flådig ut och Linnea känner sig fel klädd, men det
betyder också att de har pengar och råd att betala hyfsade
löner. Hon speglar sig i skyltfönstret, sträcker på sig och
går in. En man i vit skjorta och svarta välstrykta byxor
kommer emot henne.

"Har fröken bokat bord?"

"Nej, jag avser inte äta här utan jag söker arbete."

Mannen behåller samma min och frågar:

"Vilket slags arbete hade ni tänkt?"

"Vad som helst", svarar Linnea. "Jag kan städa, diska,
göra reklam, servera, ta betalt. Vad som helst."

”Tyvärr fröken. Vi har inga lediga tjänster nu. Men kom gärna tillbaka efter sommaren. Ofta är det några som börjar studera eller blir gravida eller slutar av någon annan anledning efter sommaren.”

”Tack, det ska jag göra”, svarar Linnea och går vidare.

Efter sommaren är det försent. Hon behöver ett arbete nu.

Kapitel 30

I morgon ska hyran betalas och inget arbete i sikte än. Linnea vrider och vänder sig i sängen. Hon har fått halva löften om arbete längre fram från några ställen, men det hjälper inte det minsta nu. Tankarna vandrar till Hilda. Prostituerade. Nattfjärilar. Gatflickor. Tänk om mor hade fått veta att hon på allvar övervägde den möjligheten. Eller far, men han hade lämnat henne och syskonen. Övergivit sina barn. Det måste vara en större synd än att sälja sin kropp. Fast vem är hon att döma? Hon har själv övergivit Svea.

Det är omöjligt att sova med alla dessa tankar. I stället smyger hon sig upp, klär på sig och går ut i sommar natten. Strosar runt planlöst och känner den ljumma luften mot ansiktet. Staden luktar sopor, hav och grönska i en märklig blandning. Hon stannar till och ser upp. Benen har fört henne till hotell Linden. På avstånd ser hon Hilda och Moa. Linnea gömmer sig bakom hörnet på ett hus och kikar fram. Efter en stund dyker en droska upp. Den saktar ner och stannar bredvid flickorna och en man går ur. Linnea ser honom gå fram till Moa och viska

något i hennes öra. Moa nickar och kliver upp i droskan.
Så åker de iväg. Mannen var fint klädd och såg ut att vara
i trettioårs åldern. Ingen gammal äcklig gubbe som hon
hade föreställt sig deras kunder.

Linnea springer över gatan och fram till Hilda.

"Kan du hjälpa mig? Jag måste få ihop pengar i kväll till
hyran som ska betalas imorgon."

"Hur mycket behöver du?"

"Jag har bara tio kronor och hyran är på tjugofem. Kan
man få ihop så mycket på en natt?"

Hilda skakar på huvudet.

"Nej, det är nog svårt. Men du kan låna av mig och så
jobbar du av det."

Hjärtat slår hårt i Linnea. Hon känner sig kräkfärdig,
men nickar åt Hilda.

"Tack", säger hon.

Strax därpå dyker en äldre herre upp. Han kommer gåendes på trottoaren och lyfter på hatten för flickorna. Ser gillande på Linnea.

"Har vi en ny flicka?" frågar han Hilda.

"Hon är helt ny och ger bara handjobb", svarar Hilda skarpt.

Mannen räcker fram sin arm till Linnea. Hon tar den och följer på darrande ben med honom.

Hemma hos mannen får Linnea sätta sig på en stol. Han slår sig ner i en fåtölj mittemot henne.

"Vad heter fröken?"

"Linnea", svarar hon.

"Och hur gammal är Linnea?"

"Femton. Snart."

Mannen nickar och reser sig för att sätta på musik. Han kommer tillbaka med två glas rödvin och i rummet ljuder någon klassisk musik som Linnea inte känner igen.

"Bach", säger han.

Linnea ser frågande på honom.

"Det är Bach", säger han och pekar på grammofonen.

Hon känner sig dum och okunnig. Han räcker över ett av glasen till henne och lyfter sitt i en skål. Hon gör likadant och smuttar på vinet. Hostar till.

"Så Linnea vill ge män handjobb för att få pengar?"

Hon nickar kort.

"Har du gjort det någon gång förut? Jag menar inte för pengar."

Hon tänker på Per. Hur han tvingat henne göra det många gånger innan hon ens förstod dess innebörd. Hon nickar igen.

"Ursäkta mig", säger mannen och går ut i badrummet där han tvättar sig och byter om till en sidenrock utan något under.

När han kommer tillbaka till Linnea sätter han sig i fåtöljen igen och låter rocken glida upp så hans nakna kropp blottas.

”Men se så flicka lilla. Dags att göra ert jobb.”

Efteråt skyndar sig Linnea tillbaka till Hilda, men hon är inte kvar. Solen börjar gå upp och gatorna fylls på med andra människor än nattfjärilar och deras kunder. Hon stoppar handen i fickan och tar fram portmonnän för att räkna ihop pengarna. Tio kronor hade hon sedan innan. Hon lånade tio av Hilda och fick fyra av mannen. Tjugofyra. Det saknas en krona till hyran. Hoppas nu bara Landén kan godta det. Om två dagar ska hon passa barnen igen och då får hon två kronor till. Hon skyndar sig hem och in på sitt rum. Tvättar sig och byter om innan hon går ut till Landén med tjugofyra kronor.

”Jag lovar att ni ska få den krona som saknas inom ett par dagar.”

”Det går bra”, svarar Landén. ”Jag vet att jag kan lita på Linnea. Var har du fått arbete någonstans?”

Linnea rodnar.

”Jag städar på en biograf. På Östermalm. Skiftet börjar efter att biografen stängt så det blir mest nätter. Jag kommer behöva sova på dagarna för att orka med. Men jag kan fortfarande laga middag förstås."

"Så bra. Det gläder mig att du hittat ett arbete. Det hade varit trist om du behövt flytta."

"Det tycker jag också", svarar Linnea. "Jag trivs bra hos er."

Linnea går in till sig för att vila en stund. Hon är lättad över att hyran är betald för en hel månad till. Så snart hon vilat en stund ska hon ge sig ut och söka jobb. Att vara prostituerad är inget för henne.

Tre timmar senare vaknar hon. Utanför fönstret skiner solen från en klarblå himmel. Svensk sommar. Den är så vacker att det gör ont, tänker Linnea när hon ser ut över Gamla stan. Men så smyger nattens händelser på likt en mardröm. Jag gjorde vad jag behövde för att behålla mitt hem. Nu ska jag hitta ett annat arbete. Stärkt av sina egna ord beger hon sig ut för att leta jobb igen.

Kapitel 31

Där ute kryllar gatorna av människor. Kvinnor, män, barn, svenska, utländska, rika och fattiga. Linnea blir stående och observerar folkvimlet. Känslan är glädje, feststämning. Vad är det som sker med staden och folket? Så får hon syn på ett bekant ansikte bland de andra. Ida. Linnea känner sig lättad.

"Ida!"

Ida ser sig om. Söker efter vem som ropat hennes namn. I handen håller hon sin fästmans hand. Han ser på henne.

"Varför stannar du? Vi vill inte missa starten."

"Jag vet, men någon ropade mitt namn."

"Ida", ropar Linnea igen och tränger sig genom folkmassan mot sin vän.

"Linnea? Hej, vad fint att se dig? Ska du också se på rodden? Visst är det spännande?"

Linnea ser frågande på Ida.

"Rodden? Ska alla dessa människor se på någon som
ror?"

Jonas skrattar högt.

"Ursäkta mig fröken. Jag heter Jonas och är fästman till
Ida. Trevligt att träffas. Det är OS. Olympiska spelen och
i dag är första dagen på roddtävlingarna nere vid
Djurgårdsbrunnsviken. Visste ni inte om detta? Jag
trodde hela Stockholm visste. Hela Sverige faktiskt och
stora delar av världen. Jag vill inte vara oförskämd, men
hur har ni missat detta?"

Linneas kinder skiftar till rödrosa.

"Hej Jonas. Linnea heter jag. Ida och jag arbetade
tillsammans på Wirströms. Jo, jag har lyckats missa det
helt. Eller, jag har läst om OS och att det skulle vara i
Stockholm. Men hade glömt att det var nu och i dag. Jag
har haft fullt upp med att söka nytt arbete."

Hon ser ner i marken. En dam med barnvagn stöter till
henne så hon tappar balansen. Ida fångar upp henne
innan hon faller.

”Hur har det gått för dig? Med jobbsökandet?” undrar
Ida och håller kvar en hand på Linneas arm.

”Sådär. Jag har en del på gång. Småjobb. Jag klarade av
att betala hyran den här månaden, men jag söker
fortfarande något mer varaktigt.”

”Vi måste gå nu om vi ska hinna”, säger Jonas.

”Följer du med? frågar Ida.

Linnea rycker på axlarna.

”Ja, jag behöver ett avbrott från jobbsökandet och vem
vet, kanske någon oväntad möjlighet dyker upp bland alla
dessa människor.”

De skyndar på stegen och går hela vägen till
Djurgårdsbrunnsviken. I samma stund de hittar en plats
att stå på och se ut över alla roddbåtar går startskottet.
Jonas berättar ivrigt om de män som tävlar för Sverige.
De är handplockade av Jack Farrell. Han har åkt runt i
hela landet och sökt efter de allra bästa roddarna Sverige
har att erbjuda. Det är unga, starka och vinnarsugna män
som ror för fosterlandet. Fjorton länder deltar och det är

fyra olika tävlingar och varje tävling har två deltävlingar. Dessa roddtävlingar pågår i tre dagar och i dag är det dag ett. Linnea lyssnar med halvt öra. Ögonen är fokuserade på den svenska roddbåten. Fyra ror och en styr. Han som styr påminner henne om Emil, grannpojken som hjälpt till på gården i Granby då Per skadat handen. Hon fantiserar om hur hennes liv hade blivit om hon blivit tillsammans med Emil. De hade gift sig, fått barn och hon hade bott där som hustru och mor.

Jublet eskalerar för att övergå i besvikna suckar när danska båten passerar mållinjen precis före den svenska.

"Följer du med oss och äter en bit mat?" frågar Ida.

Linnea skakar på huvudet.

"Jag har några ärenden. Men vi kan väl ses en annan dag? Jag kan komma förbi hos dig."

"Gör det. Du har adressen", svarar Ida och Linnea försvinner in i folkhavet som rör sig mot stan igen.

Vid Hötorget handlar hon grönsaker och fisk till middagen. Hon går hem genom ett överhettat Stockholm och stannar till vid några konditorier hon tidigare missat. Ber om arbete. Vad som helst. Hon får medlidande, uppmuntrande ord, men inget jobb. Hemma sköljer hon fisken, rensar och steker. Hackar grönsaker och kokar potatis. Allt står dukat på bordet då fru Landén och pojkarna väller in i farstun.

"Tvätta er innan maten", ropar Landén till sina söner.

Linnea äter frånvarande middagen och går sedan in till sig för att vila ett par timmar innan det är dags att gå ut i sommarnatten för att tjäna ihop pengar till hyra. Det är varmt i rummet och Linnea har svårt att komma till ro. Till slut tänder hon lampan och tar upp anteckningsboken. Hon tecknar av sig själv med mannen med öppen sidenmorgonrock. Hon gör honom mörkgrön och sig själv blek och liten. Så studerar hon bilden. Knölar ihop den. Flickan på den bilden var ett skört litet offer. Det är inte hon. Hon har valt att göra det. Ingen har tvingat henne. Hon kan låta bli också och åka hem till Annalisa. Böna och be om att få bo där igen. Hon är säker på att Annalisa och Per skulle låta henne. Men hon vill inte det. Hellre tar hon betalt för att göra det som Per tog gratis. Hon var ett offer för Per, men hon är inte ett offer nu.

Vid hotell Linden står Moa och Hilda. De ler mot henne när hon kommer mot dem. Hon noterar deras kläder. De har kortare kjolar, tajtare blusar och skor med klack. Så ser hon på sin egen klänning som når ända ner till de platta skorna. Hon ser ut som ett barn från landet snarare än en sexig kvinna. Osminkad är hon också. Moa och Hilda har röda lockande läppar. Linnea har svårt att se sig själv i läppstift och klackskor. Det är inte hon. Men så slår det henne. Om hon klädde sig så skulle hon kunna låtsas vara en annan. Lite som att spela teater. Hon skulle gå in i en roll och spela prostituerad. Då kanske det inte skulle kännas lika skamfyllt.

"Jag behöver nya kläder", säger hon till flickorna.

De skrattar och nickar instämmande.

"Kom förbi hos mig imorgon eftermiddag så ska jag visa var du kan handla kläder utan att bli ruinerad", säger Hilda.

Just då harklar en man sig alldeles nära dem. Flickorna ser upp. Det är mannen från igår. Han med sidenmorgonrocken. Han ser på Linnea.

Kapitel 32

Ännu en gång sitter hon i sidenrockens sällskapsrum.
Bach spelar på grammofonen. Mannen är i badrummet.
Det luktar cigarr och herrparfym i våningen. För fönstren
hänger mörka sammetsgardiner, i taket en stor
kristallkrona. Han verkar ha gott om pengar. Varför måste
han betala för att få kvinnor, funderar Linnea. Han är
visserligen en äldre man, men han är välbehållen, hel och
ren och har pengar. Det borde dra till sig många kvinnor.
Hur kommer det sig att någon som han betalar för att få
en flicka som hon hem till sig? Hon förstår det inte.

Han kommer in i rummet och sätter sig i fåtöljen precis
som natten innan. Låter rocken glida isär så hon ser hans
kropp. Hennes fingrar och tår sticker. Ska hon svimma?
Hon vill kräkas, ställa sig upp och springa därifrån.
Känner Pers äckliga andedräkt och hur han trycker ner
henne i kudden så hon inte kan andas. Hon tar ett djupt
andetag. Påminner sig själv om rollen hon måste spela
nu. Jag är en nattfjäril, en sexig ung kvinna som kan ta
betalt för att män ska få se mig, ta på mig. Hon reser sig
sakta från stolen och går kattlikt fram mot mannen. Sätter

sig mjukt och smidigt på knä framför honom och smeker insidan av hans lår. Han spricker upp i ett stort rovdjurslikt leende. Linnea tar ögonkontakt med honom och slickar sig om läpparna. Går helt in i rollen hon bestämt sig för att spela.

Efteråt får hon sina pengar.

"Vill fröken Linnea tjäna mer pengar?" frågar sidenrocken.

"Kanske", svarar hon. "Vad behöver jag göra då?"

"Om du bara är min. Exklusivt. Inga andra män får röra er. Och du går med på samlag, inte bara handjobb. Då ska jag betala er hyra, köpa kläder åt er och se till att ni har mat och det ni behöver varje månad."

"Hur ofta?" frågar Linnea. "Hur ofta skulle jag komma till er då?"

"Jag skulle skicka bud efter er de kvällar jag vill ha er här, men räkna med tre, fyra kvällar i veckan. Men du får inte säga nej. Då bryter du avtalet och jag betalar inte."

Lättnad och skräck blandas i henne. Han skulle äga henne. Men hon skulle vara trygg också. Hon skulle slippa jaga jobb, andra män och bjuda ut sig på gatan. Men hon skulle tillhöra honom totalt och lämna över makten.

"Erbjudandet finns kvar till imorgon. Kom hit vid tio imorgon kväll och ge mig ert svar. Du kan gå nu."

Linnea går omtumlad ut genom dörren och mot hotell Linden. Hon vill prata med Hilda. Men vid Linden finns varken Hilda eller Moa. Hon får ta det imorgon eftermiddag när Hilda och hon ska handla kläder. I fall hon säger ja till sidenrockens erbjudande behöver hon inte köpa kläder för egna pengar. Det är ett lockande erbjudande.

Linnea vandrar hem genom den ljumma stan när natten lämnar över stafettpinnen till dagen. Trots alla funderingar lyckas hon stänga av hjärnan och somna omgående. När hon återigen vaknar är det redan mitt på dagen. Klockan har precis passerat tolv. Ännu en varm dag i Stockholm och roddarna ska tävla igen. Linnea har inga tankar på OS eller tävlingar utan på Hilda och sidenrocken. Hon vet svaret och behöver inte fråga Hilda om råd, men hon längtar efter att berätta nyheten. Linnea är övertygad om att sidenrocken gett henne en möjlighet att komma bort från gatan och stressen över att bli hemlös lösdrivare. Hon ska spela spelet.

Hon drar på sig sin barnsliga långa klänning och tänker att det är sista dagen vi spenderar ihop. Framöver ska jag klä mig som en vuxen kvinna. Hon skyndar sig genom Gamla stans gränder över till Klarakvarteren och hem till Hilda. Fyra smala trappor upp till en mycket liten vindsvåning. Hilda öppnar dörren fortfarande klädd i morgonrock. En elegant laxrosa morgonrock om en lite luggsliten med smutsfläckar på ärmarna.

"Kom in", säger hon. "Vill du ha kaffe?"

"Ja, tack", svarar Linnea och följer efter Hilda in.

Hela lägenheten består av ett rum med en liten kokvrå. Det är en vedspis och en tvättho. Inget rinnande vatten eller vattenklosett. Dass finns ute på gården. Hilda hostar till och häller upp varsin kopp kokkaffe från kannan. Det är oerhört varmt i den lilla lägenheten när det brinner i vedspisen och solen gassar på taket ovanför dem.

De sitter mittemot varandra på varsin pinnstol. Mellan dem står ett rangligt slagbord som sett sina bästa dagar. Linnea börjar berätta om sidenrocken och hans erbjudande. Hilda lyssnar och dricker ur kaffet.

"Jag förstår lockelsen i att säga ja. Jag hade gjort det utan tvekan. Men du måste vara rädd om dig. Män som han är inte att leka med. De är vana att få vad de vill. För honom är du en sak att äga, inte en människa med känslor."

"Jag förstår", säger Linnea. "Han skrämmer mig, men att gå på gatan och bli köpt av nya män varje natt skrämmer mig ännu mer."

"Du kan också ge ett motbud", säger Hilda.

"Vad menar du?"

"Säg att du går med på det om han hyr en egen lägenhet åt dig. Säg att det är svårt att bo hemma hos en familj om du ska smyga iväg till honom om nätterna."

"Egen lägenhet", mumlar Linnea för sig själv.

Det hade hon inte ens kunnat föreställa sig, men naturligtvis vore det enklare. Familjen Landén skulle börja undra om hon fick telegram på kvällarna och sedan gav sig ut i natten. Det pirrar i henne. Hon ser sig själv i ett eget hem. Fast om det är som Hildas lägenhet är det inte så mycket att jubla åt även om det är en frihet i att ha sitt eget.

Kapitel 33

Klockan har slagit tio slag och hon står utanför sidenrockens dörr. Hon hör steg närma sig dörren och hon tar ett steg tillbaka för att inte få dörren i ansiktet.

"Linnea. Kom in."

I dag är han klädd i gråa byxor med pressveck och en ljusblå sommarskjorta med uppvikta ärmar som avslöjar håriga och seniga sommarbruna underarmar. Hon är nervös. Följer honom in i hallen där hon tar av sig skorna. Han har ett par blanka lågskor på sig. De går in i salongen och han gör en gest åt henne att slå sig ner i soffan. Han sätter sig bredvid.

"Nå", säger han.

Inget annat. Hon vet vad han syftar på.

"Jag går med på dina villkor om jag får en egen lägenhet."

Hon upprepar det Hilda sagt om svårigheten att smita ut om hon hyr ett rum av en familj som hon gör nu.

Han ser ut att fundera. Reser sig upp och går fram till fönstret. Linneas hjärta bankar hårt. Spela säger hon till sig själv. Spela självsäker. När han vänder sig om och ser på henne ser hon med fast säker blick tillbaka.

"Då säger vi så. Jag ordnar med en lägenhet och du kommer när jag kallar på dig."

Hon sväljer hårt och nickar.

"Du kan gå nu", säger han. "Jag skickar ett telegram efter dig om några dagar. Då säger du upp ditt boende, tar med dig allt och kommer hit. Förstått?"

Linnea nickar igen, reser sig och går ut i hallen för att ta på sig skorna.

"Vänta", ropar han.

Hon går tillbaka in i salongen.

"Ta av dig kläderna. Jag vill se på dig."

Hon tar av sig klänningen.

"Ta av resten också."

Hon gör som han säger. När hon står utan en tråd på
kroppen och han står endast någon meter ifrån och stirrar
på henne uppifrån och ner är det svårt att spela självsäker.

”Det är bra. Du kan klä på dig igen och gå härifrån.”

Snabbt tar hon på sig och lämnar lägenheten innan han
ångrar sig. Hon småspringer hem och kryper ner i
sängen. Slår armarna om sig och undrar om hon
verkligen gjort rätt val.

Andra dagen efter mötet med sidenrock är det dags för
barnpassning igen. Linnea går till caféet på Strandvägen
och hinner dit innan mammorna. Himlen är klarblå, men
det är kyligare vindar från havet. Hon har en tunn kappa
ovan klänningen. Lutad mot husväggen med ansiktet vänt
mot solen väntar hon på Majlis och Agnes. Så ser hon
dem på avstånd. De vinkar till henne.

”Hej, har du väntat länge?” frågar Agnes.

”Nej då, jag kom precis”, svarar Linnea. ”Det är en sak
jag måste berätta”, fortsätter hon. ”Det här är sista
gången jag kan vara barnvakt. Jag har fått ett annat jobb
och börja nästa vecka.”

”Tråkigt för oss så klart”, säger Majlis. ”Men roligt för dig. Jag förstår att du inte enbart kan leva på att passa barn någon timme i veckan. Vad är det för arbete du fått?”

Det borde hon så klart förstått att de skulle fråga om. Varför hade hon inte tänkt ut det i förväg? Hon kan inte säga att hon ska ligga med en äldre man när han vill mot betalning. De hade föraktat henne. Hon hostar till för att vinna tid.

”Jag har fått en tjänst som hembiträde hos en familj. Jag är så glad. Det verkar vara en bra familj och jag kommer få bo där också.”

”Åh, vad bra. Vi är som sagt glada för din skull, men lite ledsna för att vi förlorar dig som barnvakt.”

”Tack”, svarar Linnea. ”Nu tar jag med mig barnen på en tur så får ni i alla fall njuta av en stund själva i dag.”

När hon lämnat mammorna bakom sig pustar hon ut. Lättad över att det inte blev några följdfrågor om var de bor eller vad familjen heter. Hon promenerar runt med barnvagnen, njuter av vädret och av att barnen sover sig genom hela tiden. När hon lämnar tillbaka barnen en dryg timma senare tackar mammorna henne och ger några kronor extra och önskar henne lycka till. Linnea skäms över sin lögn när de är så vänliga mot henne, men hon kan inte se något bättre alternativ. Hon skyndar sig hem igen för att se om det kommit något telegram i dag. Än så länge har hon inte berättat för Landén. Hon vill vara helt säker först. Se den nya lägenheten så hon inte blir lurad och står utan ett boende.

  Inget telegram har dykt upp i dag heller, i stället börjar hon fundera över middagen. Vad ska de äta i dag? Hon öppnar skafferiet för att se vad som finns hemma. Potatis och lök och morötter. Om hon handlar fläsk skulle hon kunna göra rårakor med fläsk och äpplemos. Hon tar en slant ur matkassan och beger sig ut för att handla fläsk. På Kornhamnstorg finns flera slaktare och hon kikar runt bland deras utbud. Till en av dem är det särskilt lång kö. Linnea blir nyfiken. Vad är det som lockar så många till honom. Hon iakttar honom när han expedierar sina kunder. Han ser ut att vara strax över tjugo. Fräknig och glad. Han skojar och skrattar ihop med kunderna. Linnea ställer sig i kö. När det blir hennes tur ler han stort mot henne.

"Vad får det lov att vara?"

" två hektogram fläsk tack" svarar Linnea och kan inte låta bli att smittas av hans leende.

"Fläsk går fint att handla av mina kollegor, men här säljer jag hästkött."

Linnea rycker till. Hästkött hade hon aldrig ätit eller hört talas om som maträtt. Men det kanske är för hon kommer från en småstad. Hon vill inte verka okunnig.

"Vad rekommenderar ni för bit av hästen tillsammans med rårakor?"

"Rårakor, låt mig tänka."

Han skiner upp och vänder sig om. Tar fram en köttbit som han skär i tunna skivor. Han lägger dem på en våg och slår sedan in skivorna i papper och räcker över till Linnea.

"Det här är prima saltad bog", säger han. "Det kommer passa perfekt till rårakorna. Lita på mig."

Linnea tar emot och betalar.

"Har jag fel får fröken komma tillbaka och klaga."

"Det ska jag göra", svarar hon och skrattar.

När Linnea kommit in och lagt ifrån sig köttet på bänken knackar det på dörren. Telegram till fröken Bergstrand.

Kapitel 34

Linnea står i sin alldeles egna lägenhet för första gången. Högt till sig själv säger hon:

"Götgatan sju, jag bor på Götgatan sju."

Hon ser ut genom fönstret och ner på affärer, människor, hästar och automobiler. Det är liv och rörelse. Huset är helt nybyggd och hon är den först som någonsin bor i den här lägenheten. Ett sovrum, en salong och ett kök. Sidenrocken har ställt in en järnsäng, två fåtöljer, ett bord och två stolar. I skåpen finns porslin, kastruller och bestick. På golvet ligger en stor vinröd matta i salongen och en mjuk ljusgrön i sovrummet. Det finns inga tavlor eller blommor. Inget som gör den personlig, men det gör inget. Linnea har aldrig bott så fint eller modern i hela sitt liv och aldrig trott eller ens drömt om att få göra det. Hon går från rum till rum. Provsitter fåtöljerna, stolarna och sängen. Till slut lägger hon sig på rygg på mattan i salongen. Ser upp mot taket som är högt upp. En takrosett omger uttaget till den fantastiska art deco lampa som med sina organiska former sprider ljus i rummet. När sidenrocken sagt att hon skulle få en egen lägenhet

föreställde sig Linnea något liknande det kyffe Hilda bor
i. Aldrig hade hon kunnat tänka sig detta. Hon visste inte
ens att det fanns så fina, bekväma lägenheter. Hon har
bott i gamla hus på landsbygden och i ett rum i en
mycket gammal lägenhet i Gamla stan. Det är den
erfarenhet hon har. Utedass och brunn. Inte vattentoalett
inomhus med täta väggar utan drag och fukt. Här skulle
man inte ens frysa på vintern. Just i denna stund känns
det som att hon gjort en väldigt bra affär med
sidenrocken. Frågan är vad som nu förväntas av henne.
Hur gör hon sig förtjänt av detta hem? De har talat
väldigt lite om den saken och hon känner sig nervös inför
hans förväntningar på henne. Men i dag ska hon inte
tänka på det. Hon ska boa in sig och njuta av friheten av
ett eget hem. Götgatan sju. Först vill hon berätta för alla.
Bjuda in Hilda och Moa. Laga mat till dem och vara
värdinna i sitt hem. Men så kommer hon fram till att hon
ska njuta själv först. Laga mat till sig själv och fira.
Kanske köpa snittblommor på Hötorget, hitta något fint
att hänga på väggen så det blir mer hennes. Eller skaffa
sig bättre papper och färger och skapa en egen målning.
Det skulle bli ännu mer personligt.

Hon gör det. Går ut på Götgatan, som är ett nytt område för henne. Tidigare har hon mest rört sig mellan Gamla stan, Strandvägen och Östermalm. Nu ska hon göra sig hemmastadd på Södermalm och Götgatan. Sidenrocken bor tjugo minuters promenad från henne på Fredsgatan. När han kallar på henne ska hon ta en droska har han sagt. Då är det mindre än tio minuter bort. Hon tycker ändå det är skönt att de inte bor i samma stadsdel. Det ger en större frihetskänsla. Hon behöver inte tänka på att hon kan möta honom i kvartersbutiken direkt. Han rör sig sällan på Södermalm berättade han när hon flyttade in där. Han berättade också att för knappt trettio år sedan avrättades folk inför publik nedanför Skanstull på galgbacken. Då kunde den dödsdömde stanna till på Källaren Hamburg här på Götgatan för att ta sig en sista sup. Sedan ristade man in namnet på den personen och sparade det. Det är bara fyra år sedan Hamburg stängdes och tidigare i år rev man hela det huset. Hon ryser till av tanken på att se en människa dödas inför åskådare.

Linnea ser en blomsterbutik och går in. Det luktar grönt och fuktigt. Hon köper med sig fyra gula rosor som doftar honungssött. Flickan bakom disken skär av en bit längst ner på stjälkarna och virar in dem i papper.

"Vet ni om det finns någon konstnärsbutik i närheten?" frågar Linnea.

"Om du fortsätter ner till nästa tvärgata så går du åt vänster. Där i hörnet ligger en fantastisk konstnärsbutik. Innehavaren är en äldre man som är en duktig landskapsmålare. Han kan allt om material och färger."

"Målar ni också?" undrar Linnea.

"Ja, fast bara för nöjes skull. Som avslappning. Jag tycker om att måla fåglar. Inte så naturalistiska utan mer fantasifåglar i glada färger. Fånigt naturligtvis, men jag tycker om det."

Flickan ser inte mycket äldre ut än Linnea.

"Fantasifåglar låter fint. Jag målar också bara för min egen skull. Som för att få syn på saker som händer i mig. Jag får fram känslor jag inte ens vet finns där", säger Linnea. "Låter det larvigt?"

"Inte alls", svarar flickan. "Jag heter Emmy."

"Jag heter Linnea och är nyinflyttad här i kvarteret."

Linnea går ut från blomsterbutiken och mot konstnärsbutiken. Hon ser den på avstånd. En handmålad färgpalett med texten Petterssons konstnärsmaterial hänger ovan dörren. Linnea kliver in och en klocka pinglar.

Färger är ganska dyrt, men hon köper tre små burkar med pigment i blått, rött och gult. Med grundfärgerna går det sedan att blanda andra färger. Till dem köper hon linolja och terpentin. Pengarna räcker inte till dukar, men det går bra att måla på andra saker också.

Hemma igen i lägenheten tar Linnea av pappret från rosorna. Hon finner en vas som hon fyller med vatten och sticker ner de fyra gula blommorna i. Drar in doften och ser sig om. En glädjetår smiter ner för kinden. Hon bor här nu. Bara hon.

Vasen placerar hon på bordet och tar sedan pappret och slätar ut det så gott det går. Så blandar hon till grönt och gult och målar av buketten. När hon ser upp från målningen har solen gått ner och rummet är mörkt. Hon tänder en lampa och börjar laga middag.

Kapitel 35

Tre dagar får hon för sig själv innan först telegrammet
från sidenrocken kommer tillsammans med en droska.
Linnea tvättar sig och tar på sig en av de nya
klänningarna. En hallonröd linneklänning som är
kvinnlig utan att vara vulgär. Hon sätter upp håret och går
ner till den väntande droskan. Under färden genom stan
går hon in i rollen. Föreställer sig att hon ska möta sin
stora kärlek och göra allt för att han ska känna sig älskad
och tillfredsställd.

Droskan stannar utanför hans port och hon går uppför
de nu välbekanta trapporna. Dörren står på glänt och hon
kliver in. Han sitter redo med öppen sidenrock och ler
stort. Helst vill hon springa därifrån, men påminner sig
om spelet hon måste spela.

Han är inte lika försiktig längre. Han frågar inte utan tar.
Han äger och sätter upp spelreglerna. Efteråt är hon öm i
huden och hjärtat. Han går in i badrummet och ber henne
gå. Ingen droska väntar den här gången. Hon tar sig hem
till fots. Som en vingklippt fågel landar hon stukad i
sängen. Det är svårt att somna och komma till ro. Nu

förstår hon vilket liv som väntar henne. Hon inser priset för att slippa gå på gatan. Efter några timmars slumrande går hon upp innan solen och målar sin rädsla. Den är mörkblå och täcker allt ljus.

När solen och människorna fyller Södermalms gator går Linnea ut för att få värme och ljus tillbaka. Hon passerar blomsterbutiken där Emmy arbetar och får syn på henne där inne. Linnea vinkar och Emmy kommer ut på trottoaren.

"Har du sett det här?" frågar Emmy och pekar på en lapp i skyltfönstret.

Krokimodell sökes till teckningskurs.

"Vore inte det något för dig? Då skulle du lära känna andra här i området som är konstintresserade", säger Emmy.

"Kanske, men att stå naken inför andra som studerar en känns obekvämt."

”Vi kan göra det tillsammans”, säger Emmy. ”Jag står i butiken hela dagarna och kommer så sällan ut bland folk. Jag gör det om du gör det.”

Emmy ser så glad och ivrig ut att Linnea inte kan säga nej.

”Vi gör det”, svarar hon.

Emmy fnittrar. Linnea ler. Gårdagen bleknar. Två dagar senare får hon telegram:

Klockan 18.00 i kväll ska vi prova stå som modeller inför tre studenter på Konstfack. Kom ner till butiken halv sex så åker vi dit tillsammans. Din vän Emmy.

Prick halv sex står Linnea utanför blomsterbutiken. Emmy kommer ut, låser butiksdörren och vänder på skylten från öppen till stängd. De fnittrar tillsammans och hoppar upp i droskan. Ber kusken ta dem till Konstfack mellan Klara kyrka och Hötorget.

”Är du nervös?” frågar Emmy.

Linnea nickar.

”Jättenervös.”

”Det är ett äventyr vi ska på”, säger Emmy. ”Ingen annan behöver få veta och tänk vilka konstnärer vi ska få träffa. Kanske någon vacker, mystisk ung konstnär.”

Linnea tillåter sig för ett ögonblick vara den femtonåring hon egentligen är där i droskan på väg mot ett äventyr med en jämnårig väninna.

Framme vid konstfack kliver de båda flickorna ur droskan och går in genom den stora porten och upp för stentrappan. En rödlätt man i trettioårsåldern möter dem och visar vägen in till teckningssalen. Där sitter tre unga gossar ett par år äldre än dem. De ser förväntansfulla ut, men också allvarliga. De tar sitt tecknande på största allvar.

”Kom flickor”, säger den något äldre mannen som verkar vara gossarnas lärare. ”Ni kan klä av er här bakom skynket. När ni är redo kommer ni in och ställer er på varsin låda.”

På golvet ligger det två trälådor som de ska stå på och posera.

De klär av sig bakom skynket och går samtidigt ut till lådorna. Rummet är i alla fall varmt.

"Ni kan stå med ryggen hitåt till att börja med", instruerar mannen.

Efter tjugo minuter får de röra på sig. Gå ett varv och sedan ställa sig på lådorna med ansiktet mot gossarna. Linnea fokuserar på ljudet från kolets raspande mot pappret. Det är ett välbekant ljud som får henne slappna av. Efter ytterligare tjugo minuter är det dags för en paus. Linnea och Emmy erbjuds varsin vit målarrock att skyla sig med under tiden de alla tar en kopp kaffe tillsammans och äter skorpor. Flickorna får se skisserna och de frågar om skolan och kurserna. Emmy frågar mest. Linnea lyssnar och tittar. Tänker att hon ska teckna en av gossarna när hon kommer hem. Han med ett vänligt ansikte. Ena framtanden är lite sned, men det ger honom ett personligt drag som passar med den generösa personlighet hon tycker sig ana. Carl heter han.

Efteråt promenerar Emmy och Linnea hem.

”Vad tyckte du?” frågar Emmy. ”Vill du göra det igen? Läraren sa att vi var naturbegåvningar.”

”Det var läskigt först, men sedan gick det bra.” svarar Linnea. ”Det var intressant att få se skolan och deras skisser. De var väldigt duktiga. Vilken dröm att få gå på konstfack.”

”Ja”, håller Emmy med. ”Vilken dröm.”

Så ser hon allvarligt på Linnea.

”Vad arbetar du med? Du sa att du var nyinflyttad på Södermalm och du bor i en egen nybyggd bostad. Är du rik? Har du rika föräldrar?”

Så slår Emmy händerna för munnen.

”Förlåt”, säger hon. ”Det har inte jag med att göra. Mor säger att jag är för framfusig.”

”Det är ingen fara. Jag förstår att du undrar. En femtonåring som bor i egen dyr lägenhet. Mina föräldrar är döda och jag ärvde en del. Inte så mycket, men så jag klarar mig om jag är rädd om pengarna. Jag har en farbror som hjälper mig med placeringar och sådant.”

Emmy ser medlidsamt på henne.

”Var det länge sedan de dog?”

”Ja, det var en olycka för flera år sedan nu. Jag saknar dem såklart, men jag börjar bli van att klara mig själv.”

”Har du inga syskon?”

Linnea skakar hastigt på huvudet.

”Nej, inga syskon.”

”Det måste vara väldigt ensamt.”

Kapitel 36

Emmy och Linnea finner en vänskap genom konsten och konstfack. Efter flera modelluppdrag på skolan blir de utbjudna av två studenter. Ena gossen är Carl med den sneda tanden. Linnea byter om ett tiotal gånger fast hon bara äger tre klänningar. Den ena är för barnslig, den andra för röd och den tredje sitter lite väl tajt. När Emmy knackar på är Linnea uppgiven och gråtfärdig.

"Du får gå själv", säger hon. "Jag kan inte gå ut i någon av de klänningar jag har."

"Får jag se?" säger Emmy och går till garderoben.

Hon tar ut den röda och håller den mot Linnea.

"Den här är jättefin. Och så kommer du matcha Carls rödlätta hår."

De brister ut i ett befriande skratt.

"Det får bli den". Säger Linnea och kliver i klänningen och vänder sig så Emmy kan dra upp dragkedjan i ryggen.

"Vilken pingla", säger Emmy.

Flickorna beger sig till fots in mot Gamla stan där de skall mötas på Den Gyldene freden. Carl och hans studiekamrat Mikael står utanför och väntar. Carl ler mot Linnea och håller upp dörren.

"Vart önskar damerna sitta?" frågar Mikael och slår ut med armarna.

Linnea har aldrig varit på Freden tidigare och ser sig om. Det är dunkelt där inne med mörka tunga möbler.

"Där", säger hon och pekar på ett ledigt bord i ett av hörnen.

"Utmärkt val", säger Carl och går dit och drar ut en stol åt henne.

Mikael skyndar fram och gör likadant åt Emmy. Flickorna ser på varandra och fnittrar. De är unga och ovana vid att bli uppvaktade på det sättet. Skönt att de har varandra.

En kypare kommer fram till deras bord och ger varsin meny till gossarna. De beställer in en flaska rött vin medan de studerar menyn. När kyparen återvänder med

vinet beställer de lantpaté till förrätt, kalv i dill som
varmrätt och så en tarte tatin till dessert. Det är Carl som
beställer. Linnea ser på honom när han talar med
kyparen. Han låter självsäker, men inte som en
översittare utan mer som att han är trygg i sig själv utan
att vara förmer än någon annan. Hon gillar det.

Kvällen blir lång, trevlig, varm, flirtig och berusande.
Emmy och Linnea delar en droska hem och inte förrän
vid midnatt öppnar Linnea dörren till sin älskade
lägenhet på Götgatan sju. Där på hallmattan ligger ett
telegram. Med snabbt bultande hjärta tar hon upp det och
läser:

*Klockan 19.00 står en droska utanför din port. Jag
väntar på dig.*

Nej, nej, nej... Det här är inte bra. Vad ska hon göra? Kan
hon åka dit nu? Linnea vankar av och an i rummet. Ser ut
genom fönstret. Han får inte kasta ut henne. Hon skulle
inte gått ut i kväll. Vad trodde hon? Att hon kunde leva
ett vanligt liv och vara fri? Hon är inget annat än en
prostituerad. Han äger henne. Nu har hon inte fullföljt sin
del av avtalet. Hon vet exakt vad det innebär. Hon klär av

sig, tvättar sig och kryper ner i sängen. Timmarna sniglar sig fram och Linnea ligger vaken och grubblar. Hon slumrar till en stund på morgonen, men första tanken när hon vaknar är sidenrocken och telegrammet.

Det bankar på dörren. Linnea sätter sig upp. Vem kommer nu? Det finns två människor som vet var hon bor. Emmy och sidenrocken. Käre gode fina älskade Gud, låt det vara Emmy. Linnea hoppar i morgonrocken och stoppar fötterna i ett par tofflor. På väg mot dörren stannar hon till vid hallspegeln. Drar fingrarna genom håret och nyper sig i kinderna. Fast om det är sidenrocken kanske det är bra om hon ser sjuk ut. Snabbt tar hon fram en näsduk och snyter sig hårt. Både för det ska höras ut och så näsan ser röd ut. Hon rufsar till håret igen och kliar sig i ögonen tills de också ser lite rödaktiga ut. Hon ser en sista gång i spegeln och visst kan man ta henne för sjuk nu. Det bankar igen på dörren. Ganska hårt nu. Ivrigt. Kanske det är Emmy ändå som vill komma och prata om gårdagskvällen. Linnea tänker på Carl och hur självsäkert han beställde in mat till dem alla igår. Drog ut stolen åt henne som en riktig gentleman.

Hon kommer på sig själv med att längta efter att träffa honom mer. Så rodnar hon nästan vid tanken på att han inte bara sett henne naken utan även studerat hennes kropp, målat av hennes hud med alla detaljer. Tyckte han att hon var fin eller tänkte han inte på det när han målade? Han kanske bara tänkte på henne som ett objekt, en sak med skuggor och olika proportioner. Hur skulle hon själv känt om hon målat av honom utan kläder? Inte skulle det vara som att måla av en blomma eller en vas. Visst hade hon tänkt på honom som en man och sett hans skönhet om hon målat honom naken? Det knackar ännu en gång. Linnea öppnar dörren.

Kapitel 37

Sidenrocken ser på henne med kalla ögon utan ett leende. Linnea känner en klump i magen. Hon hostar till och tar fram näsduken.

"Det är nog bäst att ni inte kommer in. Jag har varit sängliggande sedan igår", rosslar Linnea.

Sidenrocken står tveksamt kvar i farstun utan att kliva in.

"Jag skickar en läkare", svarar han och går.

Linnea vet inte vilket som är mest skrämmande. Hans totala brist på empati eller att en läkare ska komma. Hon går tillbaka till sängen och kryper ner igen. Bäst att hon i alla fall ligger nerbäddad och ser sjuk ut när han dyker upp.

En timme senare knackar det igen på dörren.

"Kom in", ropar hon från sängen och hör hur någon kommer in i hallen.

En man i svart kostym, med en väska i handen och ett stetoskop runt halsen kliver in.

"Doktor Wilund", säger han. "Jag har blivit ombedd att undersöka fröken Bergstrand och se till att ni blir frisk igen."

Linnea sätter sig mödosamt upp och hostar till. Wilund känner med torra händer på halsmandlarna. Lyssnar med stetoskopet både på bröstet och ryggen. Så känner han på hennes panna, ber henne gapa och räcka ut tungan.

"Ingen feber, inget rött i halsen, allt ser fint ut. Vila och drick varmt några dagar så är ni snart på benen igen", säger han till slut.

"Tack", svarar Linnea och ser så sjuk ut hon bara kan.

Tre dagar och nätter får hon vara ifred. Den fjärde kvällen kommer ett telegram igen och den här gången är hon tack och lov hemma och kan åka genast. Droskan står och väntar på henne.

I dag är han irriterad, hårdhänt och otålig. Linnea försöker vara till lags. Hon spelar med och stoppar undan sig själv och sina egna känslor så långt in det går. Inte förrän i gryningen släpper han hem henne igen. Hon skyndar sig upp för trappan, fumlar med nyckeln i dörrlåset och slänger av ytterkläderna i hallen innan hon kryper ner i sin egen säng. Hon drar täcket över huvudet och somnar. Inte förrän morgonen övergått i eftermiddag går hon upp och tvättar sig noggrant innan hon tar på nya kläder och går ut. Hon drar in ett djupt andetag och låter solen sudda bort natten som var. Det är sommar, hon är ung i Stockholm och hon styr själv över sitt liv. Linnea påminner sig om att hon bor i egen nybyggd lägenhet utan vägglöss. Hon går till konstbutiken och köper mer pigment och linolja. På vägen hem passerar hon blomsterbutiken och Emmy får syn på henne.

"Linnea!" ropar hon och vinkar in henne i butiken.

Linnea kliver in och känner doften av rosor. På disken står en hink full av stora gulrosa rosor.

"Det är turkisk gulros. Visst doftar den ljuvligt. Förstå att den växer vilt borta i Asien."

"Den luktar underbart", svarar Linnea. "Jag köper fem."

Emmy snittar dem och slår in dem i papper innan hon räcker över dem till Linnea.

"Men du", säger Emmy. "Vad tycker du om Carl? Han verkade väldigt betagen av dig."

"Och Mikael verkade lika intresserad av dig", svarar Linnea.

"Jo, kanske det. Men du svarade inte på frågan. Vad tycker du om Carl?"

Linnea funderar.

"Han verkar vara trevlig och en gentleman. Han ser bra ut också. Och du då, vad tycker du om Mikael?"

"Jag skulle inte ha något emot att träffa honom fler gånger", svarar Emmy.

"Jag kan nog tänka mig träffa Carl igen också", säger Linnea.

"Vilken tur", säger Emmy. "Mikael har nämligen bjudit in oss till en konstutställning på fredag."

Linnea vill gärna träffa Carl, men är rädd att göra om samma misstag igen. Hon kan inte vara ute om kvällarna. Hittills har alla telegram från sidenrocken kommit mellan fem och sju på kvällen.

"Jag har ärenden på eftermiddagen, men kan komma
efter halv åtta. Tror du det är för sent?"

"Utställningen är öppen mellan fem och tio. Det är
tydligen vernissage med snittar och champagne och
efteråt skulle det vara en privat fest som vi är välkomna
till också. Så efter halv åtta blir helt perfekt. Då kommer
jag förbi hos dig halv åtta. Blir det bra?"

"Ja, det blir bra. Vi ses på fredag", säger Linnea och går
vidare hem.

Hon byter ut de gamla blommorna och sätter de nya
turkiska gulrosorna i vasen. Så tar hon fram färgerna och
penslar. Hon målar mörka färger, backar och ser på
målningen och sedan målar hon mer. Både tiden och
penseldragen flyger fram. Till sist sjunker hon ner på en
stol. Utanför fönstret börjar det mörkna så hon tänder
både taklampan och några ljus. Tar några klunkar vatten
och känner hur magen kurrar. Kommer på att hon inte ätit
på flera timmar. Det blir någon brödbit med korv på. Så
ser hon på målningen. Det är ett mörkt rum och längst
ner i högra hörnet sitter en flicka ihopkrupen. Flickan
håller hårt om en docka. Målningen väcker en känsla av

sorg i henne och tårar tränger fram. Det är precis så hon känner sig. En liten flicka som är ensam i ett mörkt rum utan någon dörr att ta sig ut genom.

Kapitel 38

Emmy står utanför Linneas dörr halv åtta. Inget telegram har kommit än. Så här sent kan det väl inte komma något. Det har aldrig gjort det förr. Linnea känner sig osäker, men bestämmer sig för att följa med Emmy. En stund i alla fall. Hon ska inte vara kvar på någon efterfest, men hon kan gå till utställningen. Kanske kan hon få en pratstund med Carl och sedan gå hem igen. Han tar sin tunna sommarkappa över klänningen och följer med Emmy till droskan.

Utanför galleriet står det finklädda människor och talar högt och skrattar. De är minst tio år äldre än flickorna. Emmy och Linnea går in och söker med blicken efter Carl och Mikael. Linnea får syn på Carl. Han är införsjunken i ett samtal med en nätt liten flicka med långt ljust hår. Linnea känner ett hugg i magen. Men vad har hon för rätt att bli svartsjuk. De har inget lovat varandra. Och kanske är flickan bara en vän till Carl. Hon försöker hitta en självsäkerhet långt där inne. Med rak rygg går hon fram mot dem.

”Hej”, säger hon och ler mot både Carl och flickan.

Carl spricker även han upp i ett leende.

”Linnea, vad roligt att du kom. Det här är Vanja, min syster.”

”Åh, vad trevligt. Hej Vanja”, säger Linnea och räcker fram handen.

Vanja tar den och hälsar. Sedan går hon vidare in i galleriet. Linnea och Carl blir ståendes och ser på varandra.

”Tack för senast”, säger Carl.

”Tack själv. Det var trevligt och gott”, svarar Linnea och känner sig oerhört stel och fånig.

”Kom så ska jag visa dig runt”, säger Carl och håller fram amen åt henne.

Hon tar den.

”Gärna.”

De stannar framför en målning föreställande tre män som springer på en tävlingsbana. Linnea fascineras av de precisa ansiktsuttrycken. Man ser ansträngningen och svettdropparna.

"Tycker du om den?", frågar Carl.

"Den är mycket skickligt gjord", svarar Linnea.

"Tack", säger Carl.

Linnea ser förvånat på honom.

"Är det du som målat? Är det här din utställning? Oj, vad dum jag är. Jag förstod inte det."

Carl skrattar.

"Men snälla lilla du", säger han. "Inte kunde väl du veta det."

De går vidare en stund och ser på fler målningar. Linnea frågor om dem och Carl berättar. Galleriet är nu fullt av folk som minglar, äter snittar och ser på konsten.

"Tack så hemskt mycket för att du tog dig tid och visade mig runt, men inte kan jag uppehålla dig hela kvällen. Det är ju din utställning och säkert finns det fler som vill tala med dig. Dessutom behöver jag gå hem nu", säger Linnea efter ett tag.

Hon känner sig stressad. Tänk om det ligger ett telegram nu där hemma.

"Så synd", svarar Carl. "Jag trodde du skulle stanna tills efteråt. Vi ska ha en liten fest."

"Jag hörde det, men tyvärr passar det inte i dag."

"Jag förstår. När får jag se dig igen?"

"Jag vet inte", svarar Linnea.

Visst vill hon träffa Carl igen och gärna snart, men hon vet inte hur. Hon vill inte avslöja var hon bor. Vågar inte riskera att sidenrocken dyker upp när hon har besök av en man.

"Jag kanske kan komma förbi vid skolan någon dag om det passar", säger hon.

"Jag är färdig där nu. Det här är mitt examensarbete. Men jag delar en ateljé med några andra gamla kurskamrater vid Smedsudden på Kungsholmen. Kom dit när du vill. Jag är nästan alltid där."

Linnea går hem, men redan dagen därpå tar hon sig till Smedsudden. Hon kan inte sluta tänka på Carl och hans sneda tand som ger honom ett sådant eget utseende. Han är något särskilt och hon gillar hans sätt att se på världen. Hur han målar den och fångar människors personlighetsdrag.

På Smedsudden ligger en herrgårdsliknande byggnad med en stor vacker veranda. Där på verandan står en man med staffli och målar. Först tror Linnea att det är Carl, men när hon kommer närmare ser hon att det är en annan man. Hon frågar efter Carl och han pekar, utan ett ord, med penseln in i huset. Linnea kliver på och där inne i ett stort rum sitter en kvinna och tecknar av en naken man. Linnea går vidare in i huset och försöker att inte störa tecknandet. Så får hon syn på Carl i ett mindre rum. Han sitter på en stol och ser ut genom fönstret. Bredvid står ett stort staffli med en halvfärdig målning uppspänd på duk. Målningen föreställer en ung kvinna som springer över en sommaräng. Linnea harklar sig och Carl rycker till.

”Linnea”, utropar han. ”Vad glad jag blir.”

Till Linneas förvåning ställer han sig upp och omfamnar henne. Hon blir glad, men också obekväm.

"Förlåt", säger han och släpper taget. "Jag hade kört fast i målningen och höll på att deppa ihop. Då kliver du in och precis då kom jag på hur jag ska gå vidare. Kan inte du sätta dig en stund, så kan jag få låna några ansiktsdrag till kvinnan på bilden?"

Linnea skrattar lättad och sätter sig. Carl tar upp penseln och paletten och fortsätter måla. Hon ser på honom. Han ser lycklig ut. Hon känner sig också lycklig bara av att få vara här i hans rum när han målar. Efter en stund lägger han ner penseln och ser på henne.

"Kom, vi går ut", säger han.

De går runt i huset och han presenterar Linnea för de andra konstnärerna.

"Det är ett konstnärskollektiv", säger han. "Några bor här, men jag arbetar bara här."

Så stannar han upp.

"Men visst målar väl du också?"

Linnea känner sig blyg när fokuset hamnar på henne.

”Lite grann bara, men för min egen skull. Jag är inte utbildad.”

”Det är inte rättvist”, säger Carl. Jag menar att män och kvinnor har olika förutsättningar redan från början. Jag tänker på det ibland.”

Linnea får en klump i bröstet av hans ord, men förstår inte riktigt varför.

Kapitel 39 (sex månader senare, år 1913)

Linnea sitter vid köksbordet med en kopp te och ser ut på kommersen utanför fönstret. Folk går påpälsade genom ett kyligt Stockholm inbäddat i snö. Det är måndag och ingen som inte måste ger sig ut en dag som denna, tänker hon. Då knackar det på dörren. Förvånat reser hon sig och går för att öppna.

"Vad bra att du är vaken", säger Emmy och börjar ta av sig kappan.

"Kom in", skrattar Linnea och går för att koka mer tevatten.

Emmy sätter sig vid bordet och ser ivrigt på sin väninna. Linnea kommer med en kopp te och skorpor.

"Nå, vad är det för spännande nyheter som får dig att trotsa vädrets makter? Frågar Linnea.

Emmy blåser på det varma teet utan att säga något.

"Tänker du inte berätta nu när du gjort dig besväret att komma hit?"

Emmy håller om tekoppen och slår lättfingrarna mot den så det klinkar till. Linnea ser ringen och slår handen för munnen.

”Är ni förlovade? Har Mikael friat?”

Emmy ler och nickar. Linnea springer runt bordet och omfamnar henne.

”Grattis. Jag är så glad för din skull. För er. Grattis.”

”Tack”, svarar Emmy.

”Berätta. Hur gick det till?”

”Vi var hos hans föräldrar på söndagsmiddag igår och efter maten tog vi en promenad där runt på Djurgården. Det är oerhört vackert. Efter en stund stannade han till och tog min hand. Han sa att han älskar mig och vill att jag blir hans hustru. Jag sa ja naturligtvis och sedan gick vi in och berättade för hans föräldrar och syskon som var där. Det blev fest med champagne. Alla gratulerade oss och verkade uppriktigt glada fast jag inte har lika fin bakgrund som dem.”

”Väldigt fint”, säger Linnea. ”Får jag se ringen?”

Emmy håller fram handen till Linnea som studerar den nätta ringen med en smakfull diamant.

"Den är vacker och passar dig bra. Du är en diamant, Emmy. Även om Mikael är en bra man med rik familj så är det han som gjort ett klipp."

Emmy blir tårögd.

"Tack snälla Linnea", säger hon. "Och hur går det för dig och Carl?"

Linnea går tillbaka till sin sida av bordet och sätter sig ner. Tar en klunk av teet som hunnit kallna.

"Det blir nog inget mellan oss", säger Linnea.

"Inte", svarar Emmy. "Vad trist. Det hade varit så trevligt att umgås alla fyra."

"Ja, jag vet. Det tycker jag också, men jag är inte riktigt redo än. Ni är ett par år äldre än mig,"

"Jo, det förstås", säger Emmy. "Du är så klok Linnea, så jag glömmer bort att du bara är femton. Det är för tidigt för förlovning, men lite kul kan man ju få ha."

Emmy ser på klockan.

"Du jag måste kila nu. Det är snart dags att öppna butiken."

Så fort dörren stängs och Linnea blir ensam kommer tårarna. Hon är prostituerad och kan aldrig skaffa en pojkvän på det sättet som Emmy gjort och inte kan hon berätta det för henne heller. Precis som hon haft svårt att besvara Carls frågor då han försökte lära känna henne. Vad jobbar du med? Var bor dina föräldrar? Har du några syskon? Alla frågor gjorde så ont. Hon drog sig undan allt mer från Carl och till slut hörde han inte av sig längre. Fast hon var ledsen över det så var det ändå bäst så. Hon skulle aldrig kunna vara öppen och ärlig mot honom. Hon låter tårarna rinna en stund till. Sedan snyter hon sig, torkar kinderna och börjar plocka bort disken från bordet. Det är skönt att få gråta ut ibland, men man får inte fastna i det. Så sa alltid prästfrun Frida, hemma från Rök, minns Linnea. Tänk att de orden fastnat i henne. Det är åtta år sedan. De hade fått komma dit ett kort tag då deras mor hade dött av sjukdom och deras far hade lämnat dem. Då lät paret Kullbom alla barnen få komma till prästbostaden i Rök tills de hittat andra hem åt dem. Linnea har knappt tillåtit sig tänka på den hemska tiden. De var så rädda och chockade efter både sin mors död och att deras egen far övergav dem. Vad gjorde han egentligen? Kan han ha tagit sitt liv i bedrövelse efter sin hustrus död? Hon brukar aldrig vilja berätta för andra om att far övergett henne. På något vis var det enklare att säga att mor dött, men att ens far valt att lämna var skamfullt. Det känns som att hon skäms över det. Var de snälla nog? Bra nog så far ville stanna. Nej, nu måste hon genast sluta tänka på det. Det börjar bränna bakom ögonlocken igen och hon vill verkligen inte gråta bort hela dagen. Det finns roligare saker att ägna sig åt.

Linnea kikar ut genom fönstret och bestämmer sig för att strunta i snöovädret. Det ska inte heller få bestämma över henne. Det är hon som gör sina val. Hon tar på kappan och skorna, virar sjalen flera varv runt hals och huvud innan hon går ut. Vinden drar och sliter i kläderna. Linnea stretar emot. Går genom Gamla stan och passerar sitt gamla hem hos familjen Landéns. Hon ser upp mot deras fönster och kan ana ett barnansikte. Måste vara en av pojkarna. Så passerar hon Wirströms konditori. Skylten sitter kvar. Hon kan inte låta bli att gå in. Vid första anblick ser allt ut att vara detsamma. Stolarna, borden och till och med kopparna, men bakom disken står en, för henne okänd, kvinna i medelåldern.

"Välkommen", säger kvinnan. "Vad får det lov att vara?"

"En kopp varm choklad, tack", svarar Linnea och slår sig ner vid samma bord som Ida och hon suttit vid så många gånger.

"Varsågod", säger kvinnan när hon ställer den överfulla koppen framför Linnea.

"Tack", svarar Linnea. "Kan ni säga mig vem som äger stället i dag? Jag arbetade här tidigare när Wirström levde. Jag trodde inte att det fanns kvar, med samma namn och allt."

Kvinnan spricker upp i ett stort leende och sträcker fram handen.

"Marianne Wirström", säger hon.

Linnea ser förvånat på henne.

"Linnea Bergstrand", svarar hon. "Jag förstår inte riktigt. Är ni brorsbarn? Eller vem?"

"Trevligt att få träffa er Linnea. Jag har hört ert namn. Visst var ni också från Östergötland, precis som min svärfar?"

"Svärfar? Men då är ni gift med hans son som bor i Amerika?"

"Bodde", svarar Marianne. "Min man, Axel, bestämde sig för att ta över sin fars konditori när han fick dödsbeskedet. Vi sålde vår bokhandel i Chicago och flyttade hit."

"Vad roligt att höra", svarar Linnea. "Men vad jag förstod höll er svärfar på att gå i konkurs. Hur går det för er med affärerna? Det ser inte ut som att ni gjort något annorlunda."

"Inte än, men det är på gång. Vi har ansökt om att få utöka cafédelen till källaren också. Kom ska jag visa er."

Kapitel 40

Linnea följer Marianne ner för trappan som är trång och man får nästan ducka för att inte slå i huvudet. Det blir man dubbelt upp kompenserad för när man väl kommit ner. Där är det magnifika källarvalv och det är stort. Det behöver såklart städas och röjas undan, men vilken potential. Varför hade inte Wirström tänkt på detta när han levde?

  ”Visst är det en härlig plats för ett café?” undrar Marianne och ser på Linnea.

  ”Ja, verkligen och jag är så glad att ni gör detta så Wirströms får leva vidare. Det hade er svärfar tyckt om.”

  ”Ja, jag hoppas det.”

  De går tillbaka upp och Linnea tackar för visningen. Hon slår sig ner igen vid sitt bord. Marianne kommer med en ny varm choklad till henne.

  ”Jag gissar att din har hunnit kallna medan jag släpade ner dig i källaren”, säger hon.

”Jo, den hade det, men det var det värt. Tack så mycket.”

Linnea sippar på chokladen och ser ut på människorna som skyndar sig förbi där utanför. Hon funderar på Ida. Hon har inte sett henne sedan förra sommaren på OS-rodden. Det är så svårt med vänner. I början går det bra. Linnea är inte rädd för att lära känna nya och ha roligt, men så snart det blir en djupare vänskap drar hon sig undan. Hon vill inte ljuga för vänner, men hon kan inte gärna vara ärlig heller. Jag får bostad och pengar för att ligga med en man när han kallar på mig. Skulle hon kunna säga så till Ida eller Emmy? Hon skulle aldrig våga det för även om de skulle fortsätta vara vän med henne skulle hon känna sig smutsig och mindre värd.

Det plingar till och en ny cafégäst kommer in. Det slinker även in ett stråk av kyla utifrån. Kvinnan som kommit in stampar av sig snö och borstar av pälsen. Hon ser sig snabbt om i rummet och Linnea tycker sig känna igen henne, men kan inte komma på från var. Ansiktet är så bekant. Det känns som de talat med varandra. Kvinnan beställer och slår sig ner ett par bord bort från Linnea.

Hon kan se henne från sidan när hon väntar på sin beställning. Samtidigt som Marianne sätter ner en kopp kaffe på kvinnans bord kommer Linnea på vem det är. Katarina Staffansdotter. Det är kvinnan som Richard gav henne adressen till när de var i Vadstena. Det känns som ett helt liv sedan fast det bara gått ett år. Tänk så annorlunda allt kunde ha sett ut om hon fått bo hos Katarina tills Richard kommit till Stockholm. Eller kanske inte. Det vet hon naturligtvis inte. Nu vill hon bara springa fram till Katarina och fråga om Richard. I stället sitter hon kvar och ser på henne i smyg. Vågar inte riktigt. Som Linnea minns det var inte Katarina särskilt vänlig senast. Hon verkade inte alls vilja hjälpa Linnea så varför skulle det vara annorlunda nu? Hon ser på hur hon dricker kaffet och äter en bakelse. Hur gammal kan hon vara? Som Richard? Kan det vara en släkting? Linnea blundar och föreställer sig Richards ansiktsdrag. Tänk att man glömmer så fort. När hon öppnar ögonen igen ser Katarina rakt på henne. Linnea ler generat och nickar igenkännande. Undrar om Katarina känner igen henne eller om hon bara tycker hon beter sig konstigt. Men så nickar Katarina lätt tillbaka, nästan obemärkt, men

Linnea ser det. Då vågar hon resa på sig och gå fram till hennes bord.

"God dag fröken Staffansdotter", säger Linnea.

Katarina ser frågande på henne utan att svara. Linnea fortsätter osäkert:

"Jag vet inte om ni minns mig. Jag är Linnea, vän till Richard Bear. Vet du var han är eller hur jag kan få tag i honom?"

Katarinas stenansikte får det att krypa i henne, men den här gången står hon rakryggad och håller kvar blicken. Katarina ledsnar och drar till sist en djup suck.

"Du var mig en envis en, Linnea. Jag vet alltid var Richard befinner sig. Frågan är varför jag skulle tala om det för er."

"För att ni är hans vän och jag vet med säkerhet att han skulle vilja att ni talade om det för mig."

Nu skrattar Katarina.

"Jaså, det tror du han skulle. Ja, kanske det, men han tar inte alltid de klokaste besluten."

"Du är en sann vän som skyddar honom, hör jag", säger
Linnea. "Men jag lovar dig att du inte behöver skydda
honom från mig."

"Vad vill du honom?" frågar Katarina.

"Jag vill träffa honom. Vi skulle ha träffats då förra året,
men det blev inte så, som du vet."

Katarina läppjar på kaffet. Skrapar upp det sista av
grädden från fatet.

"Visst", säger hon. "Jag ska ge dig adressen."

Hon tar fram en penna ur handväskan och tar en av
servetterna och skriver. Adressen, tänker Linnea. Är han
här i Stockholm nu? Hennes hjärta bankar ivrigt.
Katarina räcker henne servetten innan hon reser sig och
går ut från konditoriet. Linnea sitter kvar och ser på
bokstäverna. Richard bor på samma gata som
sidenrocken.

Kapitel 41

Linnea skyndar sig hem. Hon känner servetten i fickan. Vill inte tappa den, men är rädd för att ta i den för mycket så hon inte ska kunna se vad det står sen. I lägenheten hänger hon av sig, tar servetten ur fickan och lägger den på köksbordet. Hur ska hon göra? Hon vet inte om han bor där ensam. Han kan ha träffat någon. Då kanske det skulle vara olämpligt av henne att gå dit och knacka på. Just då knackar det på hennes dörr. Ett telegram från sidenrocken. Klockan sju i kväll kommer droskan. Det är allt som står. Hon ser på vägguret som visar på kvart över två. Bra, då har hon tid att äta, vila och bada innan det är dags att arbeta.

Prick sju anländer droskan och Linnea hoppar in. Staden är nästan folktom. Snöovädret håller i sig och termometern har låtit kvicksilvret sjunka till tolv minusgrader. Hon kan inte låta bli att snegla mot huset som Richard bor i när hon går in i porten till sidenrocken.

Hon kliver in utan att ringa på, precis som han sagt åt henne. Innan hon kliver in i vardagsrummet rättar hon till håret framför hallspegeln. Hon vet exakt hur han vill ha henne. Utan smink och inte för utmanande kläder. Hon hade kommit sminkad en kväll. Det misstaget gör hon inte om. Han vill att hon ska se ung ut. Hon får heller aldrig sova över hur sent det än är.

Han sitter i fåtöljen och väntar på henne. Hon är fortfarande ung, vacker och bara hans, men det är inte lika tillfredsställande längre. Spänningen som fanns där i början är borta. Varje gång hon kommer behöver han utöva mer makt för att känna samma kick. Han har gått över den gräns han satt för sig själv. Att inte slå. Han blev tvungen. Hon kan inte komma till honom som en slampa, med smink och vulgära kläder. Det är inte ett våp han betalar för. Det kan han få mycket billigare.

Linnea går in och sätter sig mitt emot honom och inväntar hans drag. Hon vet att han vill ha henne blyg till en början. Hon ser ner i golvet och rättar till klänningen. Han reser sig upp och går fram till henne.

Två timmar senare står hon ute på gatan igen. Utan att möta kuskens blick hoppar hon in i droskan som tar henne hem. Den här gången ser hon inte efter Richards port. Skammen är för stor. Hon vill inte att han ser henne så här. Droskan stannar utanför hennes dörr på Götgatan och hon kliver av och ser den åka iväg. Det är iskalla vindar, men hon bryr sig inte ens om att stänga kappan. Fysiskt obehag är inget hon längre bryr sig om. Den är hon allt för van vid nu.

 Klockan har precis slagit tio och hon lägger sig på sängen. Huvudet genomströmmas av bilder på sidenrocken, Per, Svea och Richard. Hon vill inte längre vara i sin kropp. Hur ska hon kunna ta sig ur situationen hon lever i? Är det ens möjligt. Är det här bättre än när hon levde i Granby med Pers övergrepp? Där hade hon ändå Svea, Annalisa och sitt arbete. Vad har hon här egentligen? En fin lägenhet, men varje dag är hon rädd för att ett telegram från sidenrocken ska komma. Vad är alternativet? Hon reser sig från sängen och plockar fram sina målarsaker. Grundar med en kall blå. Med den blåa färgen som djupnar för varje penseldrag rinner tårarna. Hon saknar Svea. Utan att riktigt tänka på det växer hennes lillasysters ansikte fram på duken. Hennes klara, ljusa ögon, den lilla rosa munnen, de fylliga kinderna. Hon ser på Svea. Det är den bästa och smärtsammaste målning hon gjort. När den torkat ska hon hänga den på väggen. Sedan somnar hon. Sover djupt, länge och drömlöst.

Det är solen som väcker henne en bit in på förmiddagen dagen därpå. Hon ser målningen av Svea ligga på köksbordet.

"God morgon min älskade syster, hoppas du har det bra", säger hon.

Först känns det märkligt att tala med en tavla, men under dagen fortsätter hon. Äntligen kan hon berätta allt för någon. Det blir en lättnad och orden som forsar ur henne förvånar emellanåt henne själv. Det är som att saker blir sanna först när hon säger dem högt. Hon inser att hon måste ta sig ur sin situation och tar fram penna och block för att skriva upp en plan. Hon skriver och fortsätter tala högt med lillasyster i tavlan.

"Vad tror du Svea? Håller jag på att bli galen som pratar med en målning? Inte? Nej, det är sant. Jag hade nog blivit galen om jag inte kunnat prata med dig. För vem hade jag annars att prata med? Jag kan berätta en del för

Emmy, men inte allt och nu ska hon gifta sig så jag gissar att hon kommer sluta arbeta och vi kommer ses mindre. Särskilt om hon ska flytta till Djurgården."

Linnea ser på vad hon skrivit i blocket. Träffa Richard står det allra först. Han ville hjälpa henne när Per förgripit sig på henne. Han skulle förstå och hjälpa henne nu. Om han inte träffat någon. Det är en risk hon får ta. Situationen kan knappast bli värre än nu. Hon bestämmer sig för att gå hem till honom så snart hon ätit och klätt på sig.

Kapitel 42

För att undvika bli sedd av sidenrocken går Linnea en omväg och kommer från baksidan av Richards hus. Det är ett tre våningar högt hus som ser ut att ha några år på nacken, men det är pampigt med stora gröna bågformade fönster och en gräddvit fasad. Två trappor upp står det på servetten. Turligt nog har blåsten mojnat i dag och solen skiner från blå himmel, men det är fortfarande kallt. Åtta minus.

Linnea går snabbt in i porten och läser på namntavlan. Det stämmer. På våning två hittar hon R. Bear. Trapphuset är vackert utsmyckat med målningar i taket. Det påminner henne om ett varmare land med vindruvsklasar och stjälkar som slingrar sig. Trappan ser ut att vara vit marmor. Innan hon knackar på stannar hon upp och lyssnar efter ljud, men det är tyst. Han kanske inte är hemma eller så sover han. Hon sätter pekfingret på den mässingfärgade ringklockan och trycker till. Från lägenheten hörs ett surrande ljud och sedan fotsteg mot ytterdörren. Linnea backar ett par steg för att inte få dörren på sig.

Det pirrar i magen. Tänk om han inte känner igen henne eller ens kommer ihåg henne. Han som är en sådan berest och världsvan man har säkert kvinnliga bekanta överallt. De möttes kort och för över ett år sedan. Hon känner handsvett trots den kyliga dagen. Ska hon skynda sig ner för trappan innan han hinner öppna? Linnea rådgör med sig själv i huvudet. Pulsen är hög. Innan hon hinner fatta ett beslut är det för sent. Dörren är öppen och där står han.

Först känner hon hans doft av tvål och man, sedan ser hon hans grå skjorta och svarta byxor. Han ser äldre ut än hon minns. Hon hade gissat på fem år äldre än henne där i Vadstena, men nu skulle hon snarare gissa närmare trettio än tjugo. Han ser tröttare ut, fler linjer runt ögonen.

"Linnea?" säger han. "Är det verkligen du? Jag har tänkt på dig mycket och undrat hur det gått för dig. Kom in. Det är lite stökigt. Jag väntade inte besök."

Richard tar ett kliv bak och släpper in Linnea i hallen. Han håller fram en galge och tar hennes kappa. Direkt släpper den tidigare oron hos henne. Hon känner igen hans värme och omtanke från Vadstena. Han visar vägen in till vardagsrummet och ber henne slå sig ner i en starkt blå soffa. Hon ser sig om i rummet medan han går ut i, vad hon förmodar är, köket. De stora fönstren släpper in mycket ljus och den höga takhöjden gör rummet luftigt. Det behövs till de annars färgstarka möblerna och färgerna på väggarna. De mest utstickande färgerna är lindblomsgrönt, klarblått och engelsk röd. En oväntat bra färgkombination. Hon ser på bokhyllan som täcker nästan hela bortre väggen. Den är fylld med böcker och hon kan inte låta bli att gå fram för att se vad han läser. Det mesta tycks vara om konst. Hon tar ut en bok om renässansen.

"Hittar du något intressant fröken Linnea?"

Han ställer ner en bricka med en tekanna, två koppar och ett fat med smörgåsar. Hon ställer generat tillbaka boken på sin plats.

"Förlåt, jag blev nyfiken", säger hon.

"Du behöver inte be om ursäkt. Ta gärna boken. Du kan låna hem den om du vill. På tal om hem, var bor du? Jag hörde om fadäsen med Katarina. Jag ber verkligen om ursäkt för det. Hon kan vara lite egensinnig."

Linnea drar ut boken igen och slår sig ner i soffan. Hon är osäker på hur mycket hon vill berätta för honom, men ska han kunna hjälpa måste hon naturligtvis avslöja sin situation. Hon bestämmer sig för att berätta lite i taget för att inte skrämma bort honom.

"Jag har en lägenhet på Södermalm", säger hon. "Förut bodde jag hos en familj, men när jag fick ett arbete hade jag råd med eget."

"Det gläder mig. Och vad arbetar du med?"

Hon letar febrilt efter ett trovärdigt svar som är nära sanningen.

"Jag är tjänsteflicka åt en välbärgad man."

"Tjänsteflicka?", undrar Richard och ser henne i ögonen.

Hon rodnar, men säger inget mer.

"Och i dag är du ledig? Är inte det ovanligt mitt i veckan?"

"Han är bortrest i affärer och därför är jag ledig."

"Jag förstår", svarar Richard. "Vad heter han?"

Linnea sväljer.

"Jag är osäker på om jag får berätta det. Han är något av en berömd person och vill vara privat."

De båda tar en klunk te och en bit smörgås. Det blir tyst en stund. Var det en dum idé att gå hit, funderar Linnea. Hon verkar ha svårt att ljuga för honom. Det är som han ser igenom henne. Han är för artig för att säga högt att han inte tror henne, men hon ser det på honom.

"Och själv då? Hur har du haft det? Har du varit i Berlin?" frågar hon.

"Ja, ett par månader var jag där. Vi har en filial där som jag besökte och så har jag inhandlat ny konst som ska hängas här i stan. Jag hittade en ny konstnär som jag verkligen tror på. Han är ung. Knappt tjugo, men mycket lovande. Har en egen stil som är spännande. Vill du se?"

Linnea nickar ivrigt. Både intresserad av att få se ny spännande konst från Berlin och samtidigt lättad över samtalsbytet. Hon följer honom till ett sovrum där flera tavlor står lutade mot väggen. En av dem fångar hennes intresse direkt. Det är tre kvinnor som badar. Motivet är inget konstigt i sig, det är färgerna och formerna som är annorlunda mot vad hon sett tidigare. Kropparna är utdragna, oproportionerliga. Vattnet är kornblått i kontrast med kvinnornas orangea baddräkter. Hela bilden har ett konstigt perspektiv. Den har ingen bakgrund eller förgrund. Allt är som tvådimensionellt. På vissa sätt ser den ut att vara målad av ett barn, men samtidigt är den helt genial.

"Gillar du den?" frågar Richard.

"Den är fantastisk."

Han skrattar till.

"Du har ett öga för god konst fröken Bergstrand. Du kanske skulle arbeta för mig?"

Kapitel 43

Linnea kommer hem till sin tomma lägenhet. Hon har handlat med mat till kvällen som hon packar upp. Hade Richard menat det han sade om att hon kunde arbeta för honom? Hon hade inte vågat fråga, men nu ångrar hon sig. Frågan är då i fall han skulle kunna ge en sådan lön att hon skulle kunna bo kvar. Det tror hon knappast. Varför skulle han ge en sådan lön till en outbildad ung flicka? Hon inser det naiva i sin tidigare hoppfulla tanke. Naturligtvis skulle hon kunna bo mindre och enklare för att slippa vara i händerna på sidenrocken, men det är inte bara pengarna det hänger på. Stockholm är trångbott och många söker boende. Det är inget man hittar så enkelt. En billig lägenhet i stan går åt snabbare än kvickt. Det gäller att ha kontakter. Allt hennes hopp hänger på Richard. Den tanken gillar hon inte. Hon vill klara sig själv och inte vara i beroende till någon eller stå i tacksamhetsskuld, men hellre Richard än sidenrocken. Richard bjöd in henne till vernissage på hans familjs galleri på Hamngatan på fredag. Där skulle de visa fler tavlor av den unga lovande konstnären Otto Müller från

Berlin. Hon ser fram emot att träffa Richard igen och se mer konst, men rädslan att stöta på sidenrocken eller än värre komma hem och finna ett missat telegram gnager i henne.

När fredagen kommer klär hon upp sig. Hon vill se äldre och mer sofistikerad ut när hon ska möta Richard och hans vänner och kunder. Vem vet om det är hennes framtida kollegor. Hon målar om naglarna tre gånger. Händerna skakar och det hamnar utanför. Kylan håller i sig och hon är glad att hon beställt en droska i god tid.

Framme vid Hamngatan blandas lukten av cigarr och fisk. Utställningen öppnade för en halvtimme sedan och genom fönstret ser hon att det redan är fullt av människor där inne. Hon får syn på Richard och går in. Han står mitt i rummet med ett glas champagne i handen. Hon hänger av kappan och går mot honom, men innan han får syn på henne så får hon syn på sidenrocken. För en kort stund slutar hjärtat slå. Hon vet inte vad hon ska göra. Han kan se henne vilken sekund som helst. Hon kan inte rusa mot utgången, det skulle väcka för mycket uppmärksamhet. Med långsamma rörelser tar hon sig mot sin kappa, men samtidigt som hon nästan når den är det någon som knackar på hennes axel.

"Inte ska ni väl redan gå? Det vore väl synd?"

Iskall vänder sig Linnea om.

"Nej, jag glömde bara näsduken i kappfickan. Jag ville lägga den i väskan i stället", svarar hon.

Richard ler mot henne.

"Vilken tur", säger han. "Kom så ska jag presentera dig för några och du ska få ett glas bubbel."

Med lite tur kan hon hålla sig gömd för sidenrocken. Det är ett stort galleri med många besökare. Hon håller sig nära Richard. Han går fram till ett äldre par. De är välklädda och utstrålar självsäkerhet och pengar. Linnea pillar med nagelbandet bakom ryggen.

"Det här är fröken Bergstrand som jag berättade om häromdagen. Hon är ung, men ambitiös, konstintresserad och snabbtänkt."

Paret ser på henne och ler. Linnea har svårt att avgöra om det är genuint eller tillgjort.

"Linnea", säger Richard. "Det här är mina föräldrar Tom och Tina Bear. Det är min far som bott en tid i Amerika, därav vårt efternamn. Innan dess hette han Andréus"

Linnea niger stelt. Vad ska hon säga? Det blir tvärstopp i hjärnan och hon får tunghäfta.

"Som jag sade till er tidigare så tycker jag vi ska anställa henne i företaget. Det är bra med unga människor med friska nya idéer. Jag kan vara hennes mentor så hon lär sig branschen."

Det är tur att inte Richard lider av tunghäfta, men lite genant när han pratar om henne och försöker sälja in henne till föräldrarna.

"Ja", säger Tom. "Du kanske har rätt Richard, men vi får ta upp det på nästa styrelsemöte. Vi kan inte bestämma något här och nu."

Det pirrar till i Linnea. Hörde hon rätt. Richards mor vänder sig till henne.

"Skulle ni kunna komma till mitt kontor på måndag morgon så får jag bilda mig en egen uppfattning om er?"

"Javisst. Naturligtvis", svarar Linnea.

Samtidigt får hon syn på sidenrocken i ögonvrån. Han kommer rakt emot dem.

Kapitel 44

När sidenrocken bara är någon meter från dem ser Tom upp och ler. Han går fram mot sidenrocken och lägger en hand på hans axel. Innan de går iväg möter sidenrocken Linneas blick. Han ser inte glad ut.

Herregud. Linneas tinningar bultar. Känner sidenrocken Richards far?

"Hur är det fatt?" undrar Richard. "Du är alldeles blek."

"Jag mår lite illa", svarar Linnea. "Jag ska nog ta mig hem nu."

"Vänta här så ska jag ordna en droska åt dig", säger Richard och försvinner iväg.

Linnea stoppar in armarna i kappärmarna och känner hur benen darrar. Hon var så nära att ta sig fri från sidenrocken, så är han vän till Richards far. Om Tom får veta vad hon sysslar med kommer hon aldrig få ett arbete hos dem. Vad Richard ska tänka om henne vågar hon inte tänka på nu.

När Richard är tillbaka vänder hon sig om för att se var sidenrocken är, men hon kan inte se honom. Hon ser Tom, som nu talar med sin hustru, men ingen sidenrock. Det går en kall kår längs ryggraden. Hon tackar Richard för inbjudan och ursäktar sig. Kusken öppnar dörren till droskan och hon hoppar in. Lättad över att vara på väg därifrån slappnar hon av, men så tycker hon det är en märklig väg kusken tar.

"Stop", ropar hon. "Det här är inte vägen hem till mig. Jag bor på Södermalm, på Götgatan."

Droskan rullar vidare och hon tror inte kusken hör henne. Hon försöker knacka och göra ljud för att få hans uppmärksamhet och så känner hon att droskan saktar in. Linnea öppnar dörren och ser att de står utanför sidenrockens port. Hon vänder sig mot kusken för att protestera, men då ser hon honom. Hur kunde han komma hem så snabbt? Hon söker efter en utväg, men det är försent. Han går snabbt fram till henne.

"Följ med", väser han och tar henne i handleden.

Hon har inget annat val än att följa med honom uppför trappan och in i hans lägenhet.

Han har satt henne i fåtöljen, medan han själv går av och an i rummet. Hon säger inget utan inväntar hans nästa steg. Vad har hon gjort egentligen? Varit på en vernissage. Det kan han väl inte vara arg på? Har han fått veta att hon försökt få ett annat arbete? Tänk om han slänger ut henne från lägenheten och ber sin vän Tom att inte anställa henne. Orosklumpen växer och hon står inte ut med ovissheten. Hon försöker fånga hans blick. Försöker se vad han tänker, men han ser bara rakt fram. Det ser nästan ut som han glömt bort att hon är där, men så stannar han och vänder sig rakt mot henne. Han sätter sig på huk så de hamnar ansikte mot ansikte.

"Hur känner du familjen Bear?" frågar han.

"Det gör jag inte", svarar Linnea. "Jag mötte Richard i Vadstena för över ett år sedan. Vi kom att tala kort om konst. Sedan mötte jag honom av en slump häromdagen och han bjöd in mig till vernissagen. Det är allt."

Han ser misstänksamt på henne. Hon är nöjd med sitt svar och börjar känna en irritation. Rädslan rinner av henne och blicken blir vass.

"Och hur känner du själv familjen Bear."

Han rycker till. Överraskad över vändningen. Så samlar han sig. Reser sig upp utan att besvara hennes fråga. Han går fram till barskåpet och häller upp en whisky till sig.

"Du kommer ihåg avtalet hoppas jag."

Hon nickar, men förstår inte riktigt vad han syftar på. Hon har inte brutit något i avtalet. Eller tror han att hon ligger med Richard? Hon ser honom ta en stor klunk av whiskeyn.

"Gå och tvätta dig", säger han.

Linnea gör som hon blir tillsagd och förstår vad som väntar henne. Den styrka och irritation hon nyss hade försvinner och tomheten tar plats. Det finns inte rum för några känslor. Han är arg och vill ha en henne. Det är ingen bra kombination.

Hon tar så lång tid på sig i badrummet som hon vågar. Tvättar sig med tvålen han köpt till henne. Hon får inte använda hans två, då luktar hon som en man hade han sagt. Hon luktar på sin tvål och anar en svag lavendelton. Innan hon går ut till honom stannar hon till framför spegeln. Innanför de tomma ögonen glimtar hon en mycket sorgsen flicka. Hon är inte rädd. Inte arg. Hon är bara ledsen. Det var inte så här det skulle bli. Snabbt skakar hon av sig det och går ut till sidenrocken. Han står helt naken och ser ut över Stockholm med whiskyglaset i ena handen och en cigarr i den andra.

När han hör hennes steg vänder han sig om och ser på henne uppifrån och ner.

"Klä av dig allt", beordrar han.

Hon tvekar. Han ser det, fimpar cigarren och går emot henne.

"Klä av dig", säger han igen.

Nu gör hon som han säger. Han ler och hon ser hans gulnade tänder. Tänker på sig själv som barn. På Svea. På Per. På de prostituerade vännerna. En styrka hon aldrig tidigare känt av strömmar genom henne. Snabbt böjer hon sig för att samla ihop sina kläder.

"Vad tar du dig till?" frågar han.

Utan att svara springer hon mot ytterdörren med famnen full av kläderna. Hon fumlar med låset och tar sig ut i trapphuset. Springer ner till bottenvåningen där hon stannar till och lyssnar om han följer efter. Inget hörs så hon tar på kläderna och ger sig ut. Det är iskallt och ingen droska väntar på henne. Hon vet att hon inte längre har ett hem. Vart ska hon ta vägen?

Kapitel 45

Trots det kraftiga tyget och mjuka fodret i kappan så tränger kylan igenom. Linnea skakar både av temperaturen och det hon nyss gjort. Hon chockade sig själv med den oväntade styrkan. Fast ensam i mörkret och kylan känner hon sig inte lika säker längre. Hon sneglar upp mot Richards fönster. Kan han ha kommit hem? Det är ett svagt ljus där ifrån. Kan hon knacka på så här sent? Hon tänker på den gången i Vadstena. Vad ska han tro om henne? Hon framstår som ett vekt offer som måste räddas hela tiden. Är det så hon vill te sig? Vad är alternativet?

Hon får tyst på tankarna och går till Richards port och upp till hans dörr. En svag musikslinga hörs där inifrån. Hon knackar på. Han öppnar och kikar ut i trapphuset som är mörkt. Så ser han henne.

”Linnea?” viskar han utan att öppna så hon kan komma in.

”Förlåt att jag dyker upp så här. Det är en lång historia, men jag har blivit utan bostad och vet inte vart jag ska ta vägen nu i natt. Får jag stanna hos dig? Bara över natten."

Richard ser in mot lägenheten. Då förstår hon. Så dum hon är. Han har besök. Hon kommer olägligt.

"Det var dumt av mig att komma så här sent", säger hon och börjar gå ner för trappan.

"Vänta" säger han och tar tag i hennes kappa. "Klart du får stanna. Det är kallt ute. Du kommer frysa ihjäl. Kom in."

Han öppnar så hon kan komma in. Lägenheten ser mörk ut förutom några stearinljus.

"Min mor är här", viskar han när de kommit in i hallen. "Hon och min far har grälat. Hon sover i mitt sovrum så jag hade tänkt lägga mig på soffan."

"Lägg dig på soffan", säger Linnea. "Jag behöver inte sova. Jag kan sätta mig i köket. Jag är oerhört tacksam att få vara här inne och slippa frysa där ute i natt."

"Kom", säger han och går före ut i köket.

Hon stänger dörren bakom dem för att inte väcka hans mor. Richard tänder en fönsterlampa med grönt glas. Det ger ett mjukt och ombonat ljus. Linnea känner hur axlarna sjunker ner och hon är trygg. Richard värmer en kanna med vatten och häller upp varmt te åt dem.

"Berätta", säger han. "Berätta den långa historian för mig."

Linnea tar mod till sig och börjar tala. Hon berättar om allt hon upplevt sedan hon klev av tåget i Stockholm. Om Katarina som inte kunde ha henne hos sig. Om hotell Linden och gatflickorna. Om familjen Landén, Wirströms café, Ida och chefens död. Hon berättar om första mötet med sidenrocken, lägenheten hon fick och om Emmy i blomsteraffären. Allt som hänt ända fram till i dag. Samtidigt som hon talar om vad som hände på vernissagen och hur sidenrocken gått fram till Tom reser sig Richard upp från stolen och Linnea tystnar.

Richard börjar skratta. Linnea kan knappt tro det. Skrattar han åt henne? Hon känner ilskan bubbla upp. Hur kan han?

”Sidenrocken”, säger han. ”Vilken jädrans idiot!”

Vad menar han? Är hon en idiot som gått med på sidenrockens avtal? Ja så är det naturligtvis. Richard avbryter hennes tankar.

”Heter denna sidenrock möjligen Andréus i efternamn?”

”Hur visste du det?” undrar Linnea.

”Du såg honom med min far på vernissagen. Inte så konstigt. Det är hans bror. Det är min farbror. Inte min favoritfarbror direkt. Han har alltid varit familjens svarta får.”

”Din farbror?”

Linnea försöker ta in det hon just fått veta. Av alla människor i Stockholm så träffade hon Richards farbror. Nu är det hon som skrattar. Allt är så surrealistiskt så hon kommer inte på något annat att göra. Inte för att det hon varit med om är roligt, men han ter sig som mindre farlig i skepnad av Richards farbror. Sedan slutar hon skratta tvärt.

”Jag var prostituerad”, säger hon nästan ohörbart.

"Du var stark och gjorde det situationen krävde. Det är han som var en idiot. Inte du. Glöm aldrig det", säger Richard.

Då kommer tårarna. Han slår armarna om henne och hon lutar sig mot honom medan tårarna strömmar. Han räcker henne en näsduk. Hon tar sig ur hans famn och snyter sig. Känner sig helt tom och trött. Richard öppnar köksdörren och visar henne till soffan där det redan ligger en kudde och en filt. Hon vill protestera, men orkar inte utan lägger sig ner och somnar meddetsamma.

Hon vaknar av ljudet från porslin. Rummet badar i ljus. Klockan är strax efter nio. Dörren ut till köket är stängd och hon hör röster och porslinsskrammel. Undra vad Richard har sagt om henne till sin mor? Hon måste undra vad Linnea gör där på hans soffa. Fast å andra sidan hade hon själv sovit över för hon grälat med sin make, så de har väl båda sina skäl de inte ville tala om, gissar Linnea.

Hon går ut i badrummet och sköljer ansiktet. Lilla Linnea glimtar till där bakom spegeln och den här gången är det inte sorg hon känner utan stolthet. Hon är stolt att hon stod upp för sig själv igår. Men nu har hon varken bostad eller inkomst och har ingen aning om hur hon ska kunna lösa det. Hon får börja med att gå ut i köket och hälsa på Tina och tacka Richard för hans gästfrihet.

Då hon kommer ut från badrummet är köksdörren öppen och både Tina och Richard står i vardagsrummet.

"God morgon! Har du sovit gott?" undrar Richard.

Kapitel 46

Linnea, Tina och Richard sitter i köket med varsin kaffekopp och smörgås.

"Jag tog mig friheten att berätta för mor om din situation utan boende och arbete", säger Richard.

Linnea ser på honom med uppspärrade ögon. Nästan obemärkt skakar han på huvudet och ler. Hon slappnar av. Förstår att han inte avslöjat något om prostitutionen eller siden...eller Andréus, hans farbror för Tina.

"Så hemskt för dig lilla flicka", säger Tina och ser ömsint på henne. "Utan familj i en storstad och dessutom vare sig arbete eller bostad. Vad tänker du göra nu?"

Linnea funderar och söker efter rätt ord att hålla sig i.

"När jag kom till Stockholm för över ett år sedan var jag i samma situation som nu. Då tog jag in ett par nätter på ett billigt hotell och gick sedan runt på alla ställen jag kunde tänka mig och frågade efter arbete. Jag lyckades få jobb som skyltflicka ett tag och kunde hyra ett rum hos en familj. Det fungerade då så jag gör samma sak nu. Går runt och söker jobb i butiker, bagerier, ja allt man kan tänka sig."

Tina lägger en hand på Linneas axel. Linnea ryggar till av beröringen först.

"Richard och jag har talat om din situation. Jag ville bara höra hur du själv tänker. Jag ville se en inre styrka och kämparanda. Och den har du. Det gläder mig. Men du kan bo här hos Richard ett tag, tills du hittar något eget. Arbete får du hos oss i galleriet. Vi kan inte ge så mycket betalt i början när du lärs upp, men det ger dig tillräckligt för att inte behöva gå hungrig. Hur låter det Linnea?"

"Tack", svarar hon. "Tack."

Senare den dagen åker Tina hem igen medan Richard och Linnea blir kvar.

"Jag har kläder och mina målarsaker kvar i lägenheten på Götgatan", säger Linnea. "Jag är rädd för att din farbror ska vara där i fall jag går dit för att hämta dem."

"Jag följer med dig", säger Richard.

Tillsammans tar de en droska dit. De går upp för trappan och Linnea tycker sig känna en svag doft av sidenrockens rakvatten. Hon sväljer. Doften framkallar så många bilder. Bilder hon helst vill glömma. Dörren är olåst och hennes hjärta bultar hårt. Hon är tacksam att Richard är med.

Hon kliver in i hallen och blir ståendes. Det är tomt. Allt är borta. Hallspegeln, dörrmattan. Inget är kvar. Snabbt går hon in i vardagsrummet. Det är samma sak där.

"Mina saker...", säger hon.

Då ser hon honom. Sidenrocken. Han står borta vid fönstret och ser på henne med hat i ögonen.

"Dina saker?" frågar han. "Vi hade ett avtal. Följde inte du det skulle du inte heller ha något kvar av det du köpt för mina pengar. Det där är dina saker", säger han och pekar på den lilla väska hon haft med från Vadstena.

Hon ser hur Richard med bestämda steg går fram till sin farbror. Han tar tag om hans hals med en hand.

"Jag skulle kunna ha ihjäl dig", väser han.

Sidenrocken ler stort, rovdjurslikt.

"Kom", säger Linnea. "Jag vill här ifrån."

Richard släpper taget. De går mot ytterdörren. Då ropar sidenrocken:

"Vi ses, fröken Linnea."

Richard är på väg att gå in igen, men Linnea tar tag i hans rockärm.

"Snälla, vi går", vädjar hon och han lugnar sig.

Ute på trottoaren börjar Linnea skaka. Richard lägger en arm om henne och tar hennes väska.

"Nu åker vi hem", säger han och vinkar till sig en droska.

Hemma hos Richard igen ger han henne en penna och ett vitt papper. Hon ser förvånat på honom.

"Skriv ner vilket konstnärsmaterial du vill ha så ordnar jag det åt dig."

"Tack, men du behöver inte. Du gör redan tillräckligt mycket för mig. Det var egentligen inte materialet som var viktigt för mig. Jag hade några målningar och särskilt en av min syster."

Hon tystnar. Det gör för ont att tänka på att sidenrocken har bilden på Svea nu. Eller ännu värre om han bara haft sönder den eller slängt den. Kanske den ligger på gatan någonstans till allas beskådning. Hon känner sig blottad.

"Jag kan tala med far. Han har alltid haft stor påverkan på sin bror. Även om farbror är ett svin så brukar han lyssna på min far."

Linnea skakar snabbt på huvudet.

"Nej, du får inte berätta för Tom. Jag skulle inte kunna arbeta för honom i fall han visste."

"Jag förstår", säger Richard. "Vi får tänka ut något annat sätt."

"Jag är trött. Jag lägger mig och vilar en stund", säger Linnea.

Hon lägger sig på soffan och drar filten över sig. Lyssnar på hur Richard rör sig i lägenheten.

"Jag går ut en sväng bara", säger han.

Hon svarar inte. Hon är redan på väg in i sömnen.

När hon vaknar igen har det redan börjat skymma. Richard verkar inte ha kommit hem än. Hon går runt och tänder några ljus. Värmer en kanna vatten till te. Samtidigt som vattnet kokar hör hon ytterdörren öppnas. Hon går ut i farstun och där står Richard med ett stort leende. I famnen har han målningen på Svea. Just när hon ska krama om honom ser hon blodet på hans hals.

Kapitel 47

"Vad har hänt?" frågar hon oroligt och pekar mot halsen.

Richard ställer försiktigt ner hennes målning och tar av ytterkläderna.

"Kan vi ta en kopp te så ska jag berätta", säger han.

"Tevattnet är varmt, men vi ska tvätta rent såret först", säger Linnea och går mot badrummet.

Richard följer efter. Efter en stunds rengörande ser hon att såret är en rispa och inte så illa som hon först trott. De går ut i köket och hon häller upp varsin kopp.

"Jag kunde inte släppa tanken på din målning hos min farbror. Efter en stunds strosande runt i stan gick jag hem till honom. Jag frågade vad han gjort av dina saker. Först var han aggressiv och började veva och skulle slåss. Jag tror det var hans klackring som gjorde revan på halsen. Men jag slog inte tillbaka och till slut lugnade han sig. Jag sade att det enda jag vill ha var målningen av flickan. Då gav han mig den och bad mig dra åt helvete."

"Jag vet inte hur jag ska kunna tacka dig", säger Linnea.

"Det behöver du inte. Jag känner skuld över det som hänt dig. Min farbror har gjort dig illa. Det känns bara skönt att kunna göra något så du ser att inte alla i min familj är rötägg."

"Tack och jag vet att du inte är något rötägg som din farbror."

Hon ser på målningen av Svea.

"Saknar du henne?"

Linnea sväljer och nickar.

"Kan du inte skriva till henne? Be henne komma på besök någon helg?"

Linnea inser plötsligt att det skulle kunna vara möjligt. Svea är gammal nog att resa ensam och nu när hon själv inte längre är i klorna på sidenrocken är det tänkbart. Hon blir varm av tanken.

"Jag ska göra det så fort jag fått egen bostad", säger hon.

"Eller så gör du det nu. Jag ska resa bort om ett par veckor. Då kan ni ta mitt sovrum också."

Linnea tappar orden och ger i stället Richard en kram.

"Tack, tack, tack."

Han skrattar och klappar henne på ryggen.

"Jag ska skriva direkt", säger hon.

Dagen därpå är det måndag och dags att påbörja sitt arbete i galleriet. Linnea följer med Richard dit som visar henne runt. På vernissagen hade hon bara sett det första yttre rummet. Lokalen visar sig vara mycket större än så. Förutom den stora utställningshallen finns det fyra mindre utställningsrum. Varje rum visar olika konstnärer. Innanför dem finns det personalutrymmen med toalett, ett litet kök samt tre kontor.

"Det där är mitt kontor", säger Richard och pekar. "Där brukar mina föräldrar vara och i det tredje rummet är våra anställda. Förutom dig har vi två anställda till här i Stockholm. Vi har ett galleri i Gamla stan, ett i Göteborg och två i Berlin."

Linnea står med öppen mun. Hon visste att han reste mycket och hade kontakter i Berlin, men att de ägde fyra gallerier förutom detta hade hon ingen aning om. Han ser nöjd ut över hennes reaktion. Stolt över familjeföretaget som hans föräldrar byggt upp. Med all rätt tänker Linnea. Det är något att vara stolt över.

"Mor kommer strax, jag ska iväg på ett möte i Gamla stan. I dag ska du få lära dig mer om de konstnärer som vi ställer ut just nu, så du kan svara på frågor sedan till kunder som kommer hit. Där inne på tredje kontoret finns det pärmar med information om konstnärerna och de verk vi ställer ut. Läs på och gå sedan runt här och se på målningarna."

"Hur länge blir du borta?" frågar Linnea.

"Jag är tillbaka i eftermiddag."

Richard går och Linnea slår sig ner vid det stora skrivbordet och börjar bläddra i första pärmen. Konstnären är en medelålders herre med stor mustasch. Målningarna är ljusa och visar nakna kvinnor och barn. Hon läser titlarna: Badnymfer, Tvätterskorna, Fröknarna.

I nästa pärm är det en yngre man med rödlätt hår. Han påminner om hennes äldre bror Georg. Det kramar om hjärtat. Hon saknar sina syskon varje dag. Nu ska hon i alla fall snart få träffa Svea igen. Hon postade brevet i morse. Bilderna i denna pärm är inte lika ljusa. De har en sorgsen blå ton. Nästan alla målningar har hav och grå klippor i motivet.

Linnea tar fram den tredje pärmen och hör hur dörren öppnas ute i stora utställningshallen.

"Halloj", ropar Tina.

"Jag är här", svarar Linnea. "På kontoret."

Strax därefter kikar Tina in i rummet.

"Men så bra. Du har börjat sätta dig in i våra konstnärers målningar. Säg till när du bläddrat igenom alla pärmarna så ska jag guida dig runt. Har du med någon lunch?"

Linnea har varken matlåda eller pengar till lunch. Hon skakar på huvudet.

”Bra”, säger Tina. ”Då får jag bjuda dig på restaurang i dag. Vi brukar ha lunchstängt mellan ett och två.”

Linnea hinner med alla pärmarna lagom till lunchen.

”Det blir perfekt. Då tar vi rundvisningen när vi kommer tillbaka”, säger Tina och tar på sig kappan.

De går till en liten italiensk restaurang i närheten av galleriet. Tina beställer in pasta och lemonad åt dem båda. Linnea känner sig helt malplacerad och fumlig, men Tina pratar på lättsamt och skojar. Hon berättar anekdoter om Richard som barn och Linnea slappnar av och skrattar. Hon har aldrig ätit så god mat förut och efter en stund blir kroppen tung och kinderna rosiga av vinet.

Då ser hon sidenrocken komma mot deras bord. Varför ska han alltid förstöra hennes liv? Tina vet fortfarande inget om Linneas relation till honom. Bara han inte säger något dumt nu. Det kryper i kroppen på henne.

”God dag”, säger han och lutar sig fram för att kyssa Tina lätt på kinden. Så ser han på Linnea.

””Har ni träffats?” frågar Tina och ser på sidenrocken
och Linnea.

Kapitel 48

Sidenrocken eller herr Andréus, som han heter, ignorerar Tinas fråga och slår sig ner på en ledig stol. Han tar upp en meny som ligger på bordet.

"Ja men då ska vi se", säger han och granskar menyn. "Vilken tur jag har som får äta lunch med två vackra kvinnor i dag."

Varken Tina eller Linnea säger något. Andréus vinkar till sig kyparen och beställer en råbiff utan tillbehör samt ett glas rött. När kyparen gått ser han på Linnea. Hon känner hans blick, men ser ner i sin tallrik.

"Är ni konstnär?" frågar han med ett flin.

"Jag? Nej, inte alls", svarar Linnea.

Vad vill han? Kan han inte bara låta henne vara?

"Jag tyckte bestämt jag såg er på vernissagen i fredags och nu sitter ni här med galleriägarinnan. Varför då, om ni inte är konstnär? Om jag får fråga."

Linnea vet inte vad hon ska svara.

”Linnea har börjat som lärling hos oss på galleriet”,
svarar Tina.

”Nej men”, säger sidenrocken. ”Tänk vilken tur du har.
Du förstår, många andra flickor utan jobb och bostad
tvingas sälja sina unga kroppar på gatan för att överleva.
Men inte du Linnea. Vilken tur.”

Tina ser osäkert på honom. Linnea rodnar och kommer
inte på ett enda ord till svar. Det blir en lång obekväm
tystnad innan Tina lägger ner besticken och ser på
Linnea.

”Jag tror det är dags för oss att gå tillbaka till galleriet.”

Tina och Linnea reser sig från bordet och Andréus
blinkar åt Linnea.

”Vi ses”, säger han.

Ute på gatan igen börjar Tina skratta.

”Jag ber verkligen om ursäkt. Min mans bror kan
verkligen vara en udda fågel ibland. Jag hoppas du inte
tog illa vid dig.”

”Nej då, ingen fara”, svarar Linnea.

Inne i galleriet väntar Richard.

"Jaså, har ni varit ute och roat er medan jag jobbar hårt?" frågar han med spelad upprördhet.

Linnea och Tina skrattar åt honom.

"Jag skulle precis visa Linnea runt i utställningshallarna, men nu kanske du kan göra det", säger Tina.

"Med nöje."

Tina går in på kontoret och Linnea och Richard börjar titta på målningarna. Richard berättar ivrigt om konstnärerna och vilka olika tekniker de använt sig av. Linnea lyssnar och njuter.

"Det är verkligen härligt att höra dig berätta om något som du älskar", säger hon.

"Är det så tydligt?" frågar han.

"Mycket tydligt", skrattar hon. "Men en sak som jag undrar över. Varför har ni inga kvinnliga konstnärer? Finns det inga som är bra nog tycker du?"

Han stannar till. Ser uppriktigt förvånad ut över hennes fråga.

"Nu känner jag mig dum", säger han. "Tänk att den tanken aldrig slagit mig. Jag menar att jag inte ens tänkt på att de alla är män. Vi tar in det vi tycker om och tror säljer."

"Inget fel med det", svarar Linnea. "Du behöver inte känna dig dum. Jag bara funderade på det när jag bläddrade genom pärmarna. Alla är män. Visst finns det väl duktiga kvinnor som målar också?"

"Naturligtvis och nästa gång när jag åker till Berlin ska jag söka reda på en duktig konstnärinna som kan ställa ut hos oss. Hur låter det?"

"Det låter bra", svarar hon.

"Bra, men vad säger du. Har vi arbetat färdigt för i dag? Är huvudet fullt nu av konstnärer och konst?"

Hon nickar. De säger adjö till Tina och går ut från galleriet. På vägen hem går de förbi saluhallen och handlar med sig fisk till middagen.

Linnea steker fisken och skalar potatis medan Richard
sitter och formulerar ett kontrakt till en potentiell ny
konstnär. Utanför har det börjat snöa.

”När är det du åker till Berlin” frågar Linnea.

Richard ser upp från pappren.

”I dag är det måndag, så på fredag är det en vecka kvar
tills jag åker.”

”Så snart”, säger Linnea. ”Hoppas Svea får mitt brev
och hinner komma hit.”

”Postade du brevet i dag?”

Linnea nickar.

”Jag stoppade det i en sådan ny gul låda. De syns så
mycket bättre än de gamla svarta.”

”Då borde hon ha brevet redan imorgon, så kanske du
får svar på onsdag eller torsdag.”

Linnea får gåshud av tanken på att få ett brev från sin
lillasyster.

"Berätta om din syster", säger Richard när de sitter vid middagsbordet.

Linnea berättar och han ser hur hon lyser upp. Ögonen glittrar varje gång hon nämner Svea. På väggen hänger målningen på systern.

Varje dag efter jobbet den veckan har Linnea bråttom hem för att se om något brev kommit, men inte ens på fredagen finns det svar från Svea.

"Tänk om hon är arg på mig och inte vill komma hit", säger Linnea vid frukostbordet på lördagen.

Richard knackar hål på ett löskokt ägg.

"Det är möjligt", svarar han. "Men jag tror inte det utifrån vad du berättat om Svea."

Linnea har ingen aptit. Hon ser ut genom fönstret. En fågel sveper förbi och hon följer den med blicken.

"Hon kanske har flyttat och inte ens fått brevet", säger hon halvt till Richard och halvt för sig själv.

"Ja, så kan det vara. Men hur mycket du än tänker på det kommer du inte få något svar förrän du får ett brev eller om du åker dit och ser efter."

"Åker dit?" frågar Linnea. "Jag vet inte. Jag vill verkligen inte möta Per."

Richard tar hennes hand.

"Jag förstår det. Om du inte fått något brev när jag kommit hem från Berlin kan jag följa med dig. Skulle det kännas bättre?"

Hon funderar. Försöker se det framför sig. Hur hon och Richard står öga mot öga med Per. Så nickar hon.

"Jo, det skulle kännas bättre."

Hela veckan därpå går snabbt. Linnea trivs i galleriet och lär sig mer för varje dag. Hon får följa med Richard på några kundmöten och iaktta. Tina visar henne ekonomidelen med bokföring. Inte för att det är något hon själv ska göra, men det kan vara bra att känna till allt som görs inom företaget.

På fredagen följer hon med Richard till tågstationen och vinkar av honom.

Kapitel 49

Tillbaka själv igen i Richards lägenhet känns det både skönt och lite ensamt. Det var ett tag sedan hon var helt själv nu, men hon har bestämt sig för att njuta av helgen. Från och med på måndag kommer hon få lön eftersom hon nu kommer få egna arbetsuppgifter. Det innebär att hon kan börja söka efter eget boende. Även om hon trivs bra med Richard och han är väldigt generös, så vill hon inte utnyttja hans gästfrihet mer än nödvändigt. Hon vill stå på egna ben. Han har lovat hjälpa henne med bostadssökandet. Troligen har han betydligt fler kontakter som kan vara behjälpliga, men hon kommer ändå söka själv också innan han kommer tillbaka. Han hade inte vetat exakt vilken dag han skulle komma, men mitten av nästa vecka trodde han. Hon hade fått honom lova telefonera när han visst så hon kunde möta honom vid tåget.

Linnea vaknar tidigt på lördagen. Det är fortfarande mörkt där ute. Hon tänder en fönsterlampa i vardagsrummet och ett stearinljus i köket. Det är skönt att få vakna långsamt. Hon gör i ordning frukost och sätter på en grammofonskiva med klassisk musik. Ser ut över stan som börjar vakna och röra på sig. Hon bestämmer sig för att storstäda lägenheten. Det är det minsta hon kan göra för Richard. Hon skurar golven, tvättar kök och badrum, dammtorkar alla saker och väggar. Efter flera timmars städande byter hon om och går ut på stan. Hon strosar runt. Ser på folk och i skyltfönster innan hon slår sig ner på ett café och tar en kopp kaffe. Genom fönstret ser hon en bekant gestalt. Det är sidenrocken. Instinktivt hukar hon sig för att inte synas. Han går förbi utan att titta in och hon andas ut. Lättad över att han inte såg henne, men den sköna känslan hon hade innan är som bortblåst.

På kvällen lagar hon en enklare middag till sig själv. Hon sitter i soffan och äter när det låter från farstun. Hon lägger ner besticken och lyssnar. Inget hörs. Kan hon ha hört fel? Förmodligen. Hon börjar äta igen och då hör hon en lätt knackning på dörren. Pulsen stiger hastigt. Med tysta steg går hon ut i hallen och lyssnar. Det knackar igen. Lite högre den här gången. Linnea står helt tyst och hör sina egna andetag medan hjärtat rusar. Så hör hon hur personen där utanför sätter sig på huk och skjuter in ett papper under dörrspringan. Kanten på pappret nuddar hennes tår och hon backar snabbt och tyst. Inte förrän hon hört steg ner för trappan och porten öppnas och stängs, vågar hon ta upp pappret från hallgolvet. Hon tar med det in till vardagsrummet och slår sig ner i soffan för att läsa:

"Om du vill träffa din syster igen så sätter du dig i droskan som väntar utanför porten klockan tio i kväll."

Texten är från en skrivmaskin. Hon ser på vägguret. Halv tio. Vad ska hon göra? Vem kan känna till hennes syster och att hon försökt få tag i henne? Sidenrocken kan omöjligt veta något om brevet. Per? Men inte skulle han ta sig ända till Stockholm för att jäklas med henne. Eller? Tusen tankar far omkring. Hon måste andas och ta sig samman. Helst vill hon ringa Richard och höra på hans kloka vänliga röst, men hon har inget telefonnummer och vet inte var han bor i Berlin. Hon kan knappast ringa Tina och Tom heller så här sent en lördagskväll. Inte vill hon dra in dem i hennes problem när de varit så vänliga och gett henne arbete på galleriet.

Nej, hon måste vara modig och reda ut det här själv. Klockan är tio i tio. Hon tar på sig ytterkläderna och stannar till framför spegeln. Du fixar det här Linnea. Jag tror på dig.

Hon stänger dörren till lägenheten och går sakta ner för alla trappstegen. Stannar till längst ner och ser ut utan att öppna porten. Där står mycket riktigt en droska. Det är inte samma kusk som sidenrocken alltid anlitar. Men, vänta. Sitter det någon inne i droskan? Det är svårt att se, men det är en skugga där bak som kan vara en mörkklädd person. Hon håller hårt om dörrhandtaget. Tar mod till sig och pressar upp porten. Trottoaren är hal och det kommer ner regnblandad snö från den mörka natthimlen. Hon går fram till droskan och ska precis öppna dörren när den öppnas inifrån.

Kapitel 50

"Tänk, jag förstod att du inte skulle kunna låta bli att komma."

Linnea förstår inte riktigt. Tom? Vad gör han här. Richards far. Den snälla mannen som gett henne arbete. Han var nog den sista personen hon väntat sig se i droskan.

"Vad vet du om min syster? Jag förstår inte", säger hon förvirrat.

"Tålamod, Linnea. Tålamod", svarar han och tänder en cigarr.

Droskan rullar genom Stockholms gator och de sitter tysta. Den stannar utanför hotell Linden i Klarakvarteren. Vad ska de göra här? Tom är inte en person man tänker på i det här ruffiga området. Många minnen stiger upp när de går in genom entrén till hotellet. Hon känner igen mannen bakom disken, men han ser bara på Tom och tittar sedan ner igen. Det här känns inte bra alls. Tom går upp för trappan till andra våningen. Linnea går efter. Det luktar lika unket som sist hon var här. Han stannar utanför ett rum och tar fram en nyckel. Låser upp och nickar åt henne att gå in. Där står sidenrocken. Hon vänder sig snabbt för att springa ut, men hindras av Tom. Han föser in henne och knuffar hårt ner henne på sängen. Sedan hör hon hur han låser dörren.

Hon får inte fram en enda vettig tanke. Det tjuter i öronen och hon sväljer gång på gång.

"Lugna ner dig nu", säger sidenrocken.

Han sätter sig bredvid henne och håller hennes handleder. Tom binder ihop dem med ett rep och fäster det i sänggaveln. Hon sparkar och skriker tills en hård örfil tystar henne. Då gör hon som hon gjort så många gånger förr. Hon gömmer sig långt inne i sig själv och stänger av känslorna. Blicken fäster hon på natthimlen. De våldtar henne i timmar. Turas om. De slår, river och nyper henne. Hon känner ingenting. Smärtan är bara ytlig, kroppslig. Henne når de inte. Hon är inte där.

Långt bort hör hon dörrens lås öppnas och hon märker att de lämnat henne. Med blicken kvar på himlen säger hon:

"Var är min syster?"

Någon går tillbaka till sängen och böjer sig över henne.

"Hur fasiken ska vi veta det?" frågar sidenrocken rakt in i hennes öra. "Det var bara en chansning att du ville träffa henne, med tanke på målningen."

Skrattande går han ut ur rummet och hon hör dörren åka igen med en smäll. Det tar ytterligare några timmar innan mannen bakom disken hittar henne fastbunden i sängen. Han ser på henne länge. Hon bönfaller honom att lossa på repen. När hon till sist får lova att inte gå till polisen skär han loss henne.

"Jag vet vem du är så försök inget. Jag kommer neka att du var här om du anmäler något. Jag vill inte ha några poliser snokandes här. Fattar du?"

Linnea nickar och tar sig ut i den tidiga kalla morgonen. Hennes kläder är rivna i trasor, men som tur är har de inte haft sönder kappan så hon döljer sig under den. Nu kommer smärtan i kapp och allt värker. Hon skakar av både kyla och chock. Går så snabbt hon kan mot

Richards lägenhet. Tur nog är det tidig söndagsmorgon och få är vakna.

Inne i lägenheten låser hon dörren och sjunker ner på hallgolvet. Fyrtiofem minuter senare hör hon grannar ute i trapphuset och hittar ny kraft till att ta sig upp från golvet. Hon går in i badrummet och tvättar sig. Skrubbar varje millimeter av kroppen. Deras lukter rinner av tillsammans med tårar. Inte förrän huden är rödflammig och luktar tvål torkar hon sig och tar på rena kläder. Hon kokar sig en kopp kaffe och kryper upp under filten i soffan. Varenda litet ljud får att henne hoppa högt. Aldrig förr har hon varit så rädd. Inte ens för Per. Hur mycket hon än kämpar emot kan inte tankarna låta bli att skuldbelägga henne själv. Hon blev våldtagen som liten flicka och det bara fortsätter och fortsätter. Vad är det för fel på henne? Hänger det samman med att hennes egen far övergav henne? Hon ställer frågorna till sig själv och rakt ut till Gud eller vad som finns där ute. Vad är det för fel på mig? Så drar hon filten över huvudet och somnar.

Dagen därpå är måndag och helst vill hon bara stanna hemma. Vill inte öppna ytterdörren. Det tar emot i hela kroppen att trycka ner handtaget och öppna den. Hjärtat slår snabbt och hårt. Tänk om någon står och väntar på henne där i trapphuset. Tio minuter förflyter med en darrande hand på handtaget utan att hon lyckas trycka ner det. Handen skakar. Till sist blir hon arg på sig själv för sin feghet. Arg på sidenrocken och Tom. Arg på Per och på sin far. Ur ilskan kommer kraften att trycka ner handtaget och hon tar beslutet att glänta på dörren. Kikar ut innan hon tar ett steg. Ingen är där och hon andas ut. Går till galleriet. Livrädd att Tom ska vara där. Det är sällan han är på kontoret. Han har huvudansvaret för galleriet i Gamla stan medan Tina är den som ansvarar för detta galleri.

När hon kommer fram till galleriet lyser det där inne. Någon är där och hon ber för att det ska vara Tina.

Kapitel 51

"God morgon vännen. Hur har din helg varit? Har du njutit av att få rå om dig själv nu när Richard är bortrest?" frågar Tina. "Har du hört något från honom förresten?"

Linnea tvingar sig att le mot Tina.

"Det var en lugn helg. Jag har sovit mycket". Svarar hon. "Nej, inget från Richard än."

"Jag har ett möte om en stund och blir borta ett par timmar, men du klarar dig väl? Kommer det in någon kund med en massa frågor så har du numret till det andra galleriet här. Tom är nog där nu så det är bara att ringa så hjälper han dig."

Linnea nickar och tänker att hon hellre hittar på egna svar än ringer efter Tom om det skulle behövas. Tina går iväg och Linnea slår sig ner bakom disken. I väntan på besökare läser hon i en bok om konsthistoria. Män, män, män. Överallt är det bara målningar av män. Hon suckar och slår igen boken. Går i stället runt och ser på målningarna. Hon har en favorit. Den hänger i ett av de mindre rummen. Motivet är ett stort apelsinträd och nedanför går det några halvstora fåglar och pickar på marken. Hon föreställer sig att det är i Frankrike eller Italien. Det ser varmt ut. Även om trädet skuggar marken så strilar solen genom dess kronverk. Färgerna är mjuka och varma. Hon kan nästan känna doften av apelsin och sol.

Det plingar till och någon kommer in i galleriet. Linnea skyndar sig ut till stora rummet. En elegant äldre dam står innanför dörren.

"Välkommen", säger Linnea. "Kan jag hjälpa er?"

Damen ser vänligt på henne.

"Så ni måste vara Linnea. Den nya flickan som Tina talat om. Jag är en gammal väninna till Tina och handlar konst av henne ibland. Nu har jag blivit änka och håller på att måla om i min makes gamla kontorsrum i vår villa. Jag söker efter något som kan passa att hänga på väggen där."

"Så trevligt att träffa er. Jag beklagar er förlust", svarar Linnea.

"Asch. Det är inte mycket att beklaga om jag ska vara
uppriktig. Vi fick många år tillsammans, men sista fem
åren var han sjuk och otrevlig. Rent av aggressiv. Det var
nog en lättnad för oss båda när han äntligen somnade in."

Linnea nickar. Vet inte riktigt vad hon ska svara på det.

"Är det någon särskild konstnär ni är intresserad av?
Eller konststil?"

"Jag söker något nytt. Inget mörkt och tungt."

"Kom", säger Linnea och tar med damen till
apelsinträdet.

De står tysta en stund framför målningen. Då plingar
ytterdörren till igen och ännu en besökare kommer in i
galleriet.

"Ursäkta mig ett ögonblick", säger Linnea till damen
och går ut för att se efter vem det är.

Där står en man i trettioårsåldern. Han är stiligt klädd
och han ser på henne med bruna nyfikna ögon.

"Jag söker efter Tina", säger han.

"Hon är ute på ett ärende. Är det något jag kan hjälpa er med eller vill ni komma tillbaka i eftermiddag?"

"Jag vet inte" svarar han. "Jag heter Leo Vidholm och har några av mina verk hos er. Vi brukar ses och stämma av sålda verk och om jag ska ta med nya att hänga i stället."

"Leo Vidholm", säger Linnea. "Det är ni som målat apelsinträdet. Jag älskar det. Jag har en eventuell köpare där inne just nu. Kanske ni vill tala med kunden och berätta om målningen?"

Så stoppar hon sig själv. Hjälp vad hon pladdrar och förmodligen är det inte alls så man gör. Parar ihop konstnären med kunden. Hon skäms.

"Det gör jag gärna", säger Leo och får slut på hennes tankar.

Hon följer efter honom in till damen som står kvar framför apelsinträdet. Linnea presenterar dem för varandra och damen skiner upp. Leo börjar berätta om sin resa till Frankrike för två somrar sedan. Han berättar om dofterna, smakerna och den avslappnade atmosfären.

Både damen och Linnea lyssnar och suger i sig vartenda ord.

"Har du några fler målningar från samma resa", frågar damen när han tystnar.

Han ser sig om i rummet och går sedan fram till en mindre målning föreställande tre gubbar vid ett blått bord under ett olivträd. På bordet ligger en kortlek och det står tre glas med vin samt en karaff på en rutig duk.

"Den här", säger han och Linnea och damen går fram till den.

"Underbar", säger damen. "Jag tar dem båda två."

"Det gläder mig att de ska hänga hemma hos er", säger Leo. "Får jag bjuda er båda på lunch för att fira?"

Linnea och damen ser på varandra och båda nickar. De går ut från galleriet och Linnea sätter upp lappen med lunchstängt och låser. För att hylla målningarna och fira försäljningen går de till en fransk restaurang ett par kvarter bort.

En timme senare tackar Linnea för den trevliga lunchen och går tillbaka till galleriet. Där väntar Tina. Linnea berättar om försäljningen och hur Leo kommit in till galleriet. Tina skrattar åt Linneas iver att tussa ihop kunden med konstnären.

"Det är vanligtvis inte så vi brukar göra, men det blev ju riktigt bra. Bra jobbat Linnea."

Hon öppnar en låda och tar fram flera sedlar och ger Linnea.

"Det är din provision av försäljningen."

Linnea stirrar på pengarna i sin hand. Hon har aldrig hållit i så mycket pengar förut.

"Tack", säger hon och stoppar omsorgsfullt ner dem i portmonnän.

"Tack själv. Richard visste vad han gjorde som bad oss anställa dig. Kan inte du komma hem till oss på middag i kväll?"

Linnea får en klump i magen. Hem till dem? Till Tom. Hon kan inte, men hittar ingen bra ursäkt. I stället för att svara ler hon mot Tina.

"Ska vi säga vid sjutiden i kväll då?"

Linnea nickar. Tusan också.

Kapitel 52

Fem över sju står Linnea utanför dörren till familjen
Bears villa. Den är stor och hon känner sig liten i flera
bemärkelser. Mitt på dörren hänger en dörrklapp formad
som ett lejonhuvud. Hon tar den och slår mot dörren tre
gånger. Tina öppnar iklädd en varmgul lång klänning.

"Kom in kära du", säger hon och backar in i hallen.

Linnea kliver in och Tina tar hennes kappa och hänger
upp den.

"Vilken vacker klänning", säger Linnea och räcker fram
en bukett blommor.

Tina kör ner näsan i buketten och drar in doften.

"Tack snälla du", säger hon.

De går in i huset som är modernt inrett. På väggarna
hänger vacker konst och här och var står statyer i art deco
stil.

"Vad fint ni bor", säger Linnea och ser sig storögt
omkring.

Tina leder in henne i en rymlig matsal. Bordet är dukat för två.

”Är inte Tom hemma”, frågar Linnea.

”Nej tyvärr. Han hälsar så mycket och gratulerar till försäljningen, men han hade ett möte inbokat sedan tidigare. Jag visste inte om det.”

”Ingen fara”, säger Linnea lättad.

De slår sig ner vid bordet och blir serverade av en hushållsbiträde med blå uniform och vitt förkläde. Hon säger inget utan serverar dem med nerslagen blick. Linnea känner sig illa till mods och försöker vara trevlig och tackar för allt, men hushållerskan svarar inte utan niger bara när Linnea tackar. Tina verkar knappt se hushållerskan. Hon pratar för fullt med Linnea och äter med god aptit av steken, potatisen och grönsakerna som serveras.

På kortsidan bakom Tinas stol hänger en stor målning av Tom. Han sitter i en karmstol och har en stor grå hund bredvid sig. Tina noterar att Linnea ser på den.

"Tavlan har några år på nacken", säger hon. "Hunden, King, finns tyvärr inta kvar längre. Han följde Tom vart han än gick."

Hon ler åt minnet. Linnea tackar för maten och hennes gästfrihet. Säger att hon behöver hem så hon hinner få sin skönhetssömn nu innan det är dags att gå till jobbet imorgon."

Väl hemma igen kommer tårarna. Hon har hållit ihop hela dagen, sålt tavlor och varit trevlig på middag med sin chef. Inte med en min har hon visat hur hon mår på insidan. För två dygn sedan blev hon våldtagen av Tinas make och svåger. Det är ofattbart. Hon skakar och gråter. Låter kroppen släppa ut alla känslor hon kämpat för att dölja under dagen. Då ringer telefon.

Hon hoppar högt. Det är första gången hon hör den ringa. Hoppas det är Richard som är på väg hem. Hon torkar tårarna och harklar sig innan hon lyfter luren.

"Hej", säger Richard.

Det räcker för att tårarna ska forsa fram igen. Hans varma omtänksamma röst får det att brista på nytt.

”Men lilla vän”, säger han. ”Har det hänt något?”

”Jag saknar dig”, får hon fram.

”Då har du tur”, skrattar han. ”Jag kommer imorgon.”

Hon känner sig mycket bättre till mods när de lagt på. Hon ska möta honom vid tågstationen i morgon eftermiddag. Den tanken får henne att somna gott. Men hon drömmer om Svea. Ser hur Per jagar hennes lillasyster över en åker. Han närmar sig henne i snabb takt. Linnea står för långt ifrån. Hon ropar men ingen hör henne. Så vaknar hon abrupt och kallsvettig. Ser på vägguret som visar på fem. Det är ingen idé att försöka somna om nu. Hon går upp och äter frukost, plockar undan i lägenheten så det ser bra ut när Richard kommer hem.

Förmiddagen i galleriet segar sig fram. Hon vill bara att det ska bli eftermiddag så hon kan gå till tåget. Tina och hon sitter på varsitt kontor och arbetar. Linnea har fått en katalog med Leos senaste verk. Hon har fått i uppdrag att välja ut två som ska ersätta de sålda. Målningarna i katalogen är ljusare än de tidigare verken. De är fortfarande varma, men lättare. Linnea har svårt att bara välja två. Hon går in till Tina.

"Jag har ett förslag", säger hon. "Kan vi inte byta ut Leos verk som vi visar i dag mot hans nya och ordna en vernissage?"

Tina ser upp från sina papper. Tittar i katalogen Linnea har lagt framför henne.

"Du kanske ha rätt", säger hon. "Det är så pass stor skillnad på de nya och de gamla att vi faktiskt skulle kunna göra något nytt av det. Jag ska boka möte med Leo. Eller vet du vad? Du får göra det."

"Jag?" frågar Linnea. "Själv?"

"Ja, du visar framfötterna och jag tror du är redo för en egen konstnär nu."

Linnea kan knappt vänta tills hon får berätta för Richard. Klockan är äntligen ett och hon går mot stationen. Tåget ska anlända tjugo över så det är ingen brådska, men hon kan omöjligt gå sakta. Hon frågar en tågvärd vilket spår som Berlintåget anländer på och han pekar mot spår fyra.

Hon går fram och tillbaka längs perrongen. Prick tjugo över börjar spåren darra och hon ser röken från loket. Bromsarna gnisslar när det stannar in och hon ser ivrigt på dörrarna till de fem passagerarvagnarna. Dörr efter dörr öppnas och människor väller ut.

Hon får syn på hans mörkbruna rock och skyndar mot honom, men när hon kommer närmare så ser hon att det var en betydligt äldre man. Hon söker på nytt efter Richard bland alla människorna. Det är färre människor nu. Dörr efter dörr stängs och till slut är det bara hon kvar på perrongen. Hon måste ha missat honom. Hon går samma väg tillbaka till galleriet och håller hela tiden utkik.

När hon kommer tillbaka till galleriet ser Tina förvånat på henne.

"Var är Richard?"

"Jag måste ha missat honom. Jag trodde han var här", säger Linnea.

"Om du missade honom har han nog tagit en droska hem i stället. Gå hem du. Jag stänger galleriet sen."

Linnea skyndar sig hem. Om han tagit en droska så borde han hunnit hem vid det här laget. Linnea öppnar dörren till lägenheten och ropar.

"Hallå? Richard?"

Inget svar och inga tecken på att han varit där.

Kapitel 53

När det börjar mörkna utanför fönstret blir Linnea allt mer orolig för Richard. Hon vågar inte gå någonstans i fall han skulle ringa. I stället försöker hon hålla sig sysselsatt med matlagning. När maten är klar och uppäten bakar hon bröd. Nu doftar det gott i hela lägenheten och hon hoppas innerligt att han snart ska kliva in genom dörren. Klockan passerar tio och hon kryper ner i sängen med en kopp te. Vad kan ha hänt? Han kanske bara missat tåget, men borde han inte ringt då? Hela natten sover hon oroligt. Vaknar emellanåt och lyssnar efter honom, men lägenheten är lika tom när nästa dag gryr. Hon äter frukost och går till galleriet.

Det är mörkt och låst. Hon verkar vara först på plats i dag. Linnea går runt i alla rum och tänder upp. Väntar på att Tina ska dyka upp. En kvart senare kommer hon.

"Har han kommit hem?" frågar hon.

Linnea skakar på huvudet.

"Det är säkert ingen fara", säger Tina. "Det har hänt förr att han kommit någon dag senare än han sagt. Det kan ha dykt upp något. Du ska inte oroa dig."

Linnea ser på hennes darriga händer och undrar om hon försöker lugna Linnea eller sig själv, men hon nickar till svar och går sedan in till sitt kontor. Dagen går sakta framåt och ingen Richard syns till. Hela veckan passerar utan att de hör något. Måndagen därpå säger Tina att Tom ska resa till Berlin för att se efter vad som hänt med Richard. Enligt deras föreståndare på galleriet där lämnade Richard dem samma dag som han sagt till Linnea att han skulle resa hem. Ingen har sett honom sedan dess. Nu är Linnea riktigt orolig. Tina också, det syns på henne. Hon har svårt att fokusera på jobbet.

Tom reser till Berlin och Linnea frågar om Tina vill sova hos henne i Richards lägenhet så de båda ska slippa vara ensamma. Tina tackar ja och kommer med en väska samma kväll. Tillsammans försöker de fördriva tiden med matlagning, städning, samtal och hantverksarbete. Ingen vill gå ut i fall de skulle missa samtal från Richard eller Tom.

”Tänk om de försöker ringa hem till oss”, säger Tina den andra kvällen efter Tom rest. ”Det kanske ändå är bäst att jag är där.”

”Jag är säker på att både Tom och Richard skulle prova ringa hit om ingen svarar i villan. Tror du inte det?”

”Jo, du har rätt”, svarar Tina.

Dock är inte Linnea helt säker på att Tom skulle göra det, men det säger hon inte högt. Tredje kvällen efter att Tom åkt ringer äntligen telefonen. Både Linnea och Tina reser sig från soffan.

”Svara du”, säger Linnea och sätter sig igen.

Tina skyndar fram till telefonen och lyfter luren.

”Det är Tom”, viskar hon åt Linnea.

”Vad sa han? Har han hört något om Richard?” frågar Linnea när Tina lagt på.

”Ingen verkar ha sett honom. Han skulle ha ett möte innan han åkte med tåget till Stockholm. Det var någon ny lovande konstnär som varit i Tyska Sydvästafrika och målat av infödingar och deras byar. Men ingen tycks veta mer än så. Tom kommer hem imorgon."

"Så han ger upp?" frågar Linnea. "Varför söker han inte rätt på den där konstnären? Om det var den sista Richard träffade innan han skulle hem så måste han veta något."

Tina rycker uppgivet på axlarna.

"Vi vill alla hitta Richard, men Tom sa att det inte finns mer att göra för tillfället i Berlin. Ingen verkar veta var denna konstnär bor eller var de skulle träffas någonstans. Richards försvinnande är polisanmält både till tysk och svensk polis."

"Jag förstår. Förlåt för jag brusar upp", säger Linnea.

Tina stryker henne över armen.

"Inget konstigt med det", svarar hon. "Jag fick hålla mig från att skrika rakt ut i protest när Tom sa att han skulle åka hem igen."

Dagen därpå flyttar Tina hem igen och Linnea blir kvar ensam i lägenheten. Hon kokar vatten till en kopp te, men lukten av teet gör henne illamående. Hon rusar till toaletten och kräks. Det måste vara någon fysisk reaktion på alla oro. Tur att det är helg och hon slipper gå till galleriet i dag. För att få tiden att gå går hon en sväng till Wirströms konditori i Gamla stan. Den trygga miljön får henne att slappna av lite. Med sig har hon ett block och en penna. Hon ser på folk och skissar olika ansiktsuttryck hon fångar medan hon dricker kaffe.

Kapitel 54 (tre månader senare)

Inte ett ljud från vare sig Richard eller Svea, men Linnea kan inte längre förneka att hon är gravid. Brösten är ömma, mensen har hoppat över fler gånger. Det är efter våldtäkten. Barnet är Toms eller hans brors. Hon kan inte föda barnet. Det är omöjligt. Snart kommer det synas för andra också, Tina har redan börjat slänga misstänksamma blickar på henne. Det har varit svårt att dölja illamåendet på mornarna. Magen döljer hon så gott det går med bylsiga kläder.

Det går rykten om en läkare som hjälper kvinnor ta bort ovälkomna foster. Han ska finnas på Serafimerlasarettet, men utför fosterutdrivningen på kvällarna när dagpersonalen gått hem. Priset är en annan fråga. Vad hon hört ska det kosta en stor summa pengar. Det finns ett annat sätt också. Det är att göra det själv. Man kan köpa en sonder som man häller en tvållösning i och så sprutar man det upp i livmodern. Det ska kunna framkalla sammandragningar så fostret föds fram. Tänk att hon minns allt sådant som Hilda och Moa pratade om. De sa att det är sådant man behöver kunna som prostituerad. Hon hade lyssnat med halvt öra, men en del har fastnat ändå. Det är hon tacksam för nu. Hon bestämmer sig för att köpa en sonder och går till en butik långt ifrån sina egna kvarter. Hon vill inte gärna träffa på någon som känner igen henne.

Linnea sitter hemma på badrumsgolvet med en sonder och en skål med tvållösning. Sonden ser ut som en lång slang och en nålliknade sak i en änden. Hon tar av sig på underkroppen och suger upp tvålen med sonden. Det är svårt att se och att nå, men hon försöker få in slangen så långt hon kan. Den är kall och det är hemskt obehagligt. Hon sväljer och går emot sina instinkter. För den allt längre upp. Där sprutar hon in tvållösningen och känner hur det blir kallt inne i magen. Hon lägger upp fötterna högt så det inte ska rinna ut igen. Efter tio minuter börjar magen krampa. Linnea skriker av smärta och knyter nävarna. Du klarar det, säger hon för sig själv. Så kommer en ny sammandragning och hon vrålar på nytt. Smärtan kommer och går i vågor, men efter en timme så har det fortfarande inte kommit ut något. Hur lång tid ska det ta? Jag orkar inte mer. Ytterligare en timme senare har kramperna lugnat sig och övergått till en molande ihållande värk. Något är fel. Det måste komma ut blod och ett foster. Tänk om det har dött där inne. Hon börjar få panik. Jag måste till en läkare.

Linnea drar på sig kläderna och tar sig till telefonen. Hon ringer efter en taxibil. Hon kostar på sig en automobiltaxi. Med smärtan kan hon inte åka i en guppande droska. Mödosamt tar hon sig ner för trappan och ut till taxibilen. Hon ber honom köra till Serafimerlasarettet.

Han stannar framför ingången till lasarettet och Linnea tar sig in. Precis innanför dörrarna kommer blodet. Det känns som någon drar ut en stor propp i henne och allt lossar. Det blöder snabbt genom hennes kläder och ner på golvet. Hon blir lamslagen. Står bara tyst och stilla och ser på blodpölen under henne som blir större och större. En sjuksköterska får syn på henne och ropar på hjälp. Nu kommer fler springandes. Hon läggs på en bår och bärs in på ett rum med en brits. En äldre läkare undersöker henne, medan en sjuksköterska assisterar honom. Efter ett tag ber han sköterskan lämna rummet. Han ger Linnea ett glas vatten och hon får sätta sig upp.

"Barnet är borta nu. Jag misstänker att ni kände till att ni var havande", säger han lugnt.

Linnea nickar.

"Ni har förlorat en hel del blod och kan känna er yr, men det är ingen fara. Ni ska få ett par järntabletter av mig när ni går. Vila här ett slag och när ni är redo kan ni gå hem, men ta er tid. Det är ingen brådska."

"Tack", säger Linnea och läkaren lämnar rummet.

Sköterskan kommer in i rummet.

"Här", säger hon och räcker över tyg till Linnea.

Förvånat tar hon emot tyget och vecklar ut det. Det är en klänning.

"Det är från vår låda med kvarglömda kläder", säger sköterskan. "Jag tänkte du kan behöva något annat än dina nerblodade kläder när du går hem."

Av den lilla vänliga gesten blir Linnea rörd till tårar. Sköterskan omfamnar Linnea där hon sitter.

"Vill du att jag beställer taxi till dig?"

"Nej då, jag behöver få lite luft", svarar Linnea.

På ostadiga ben, öm i magen och yr går hon ut från lasarettet, men när hon kommer till stenmuren som går runt byggnaden vinglar hon till. Försiktigt sätter hon sig ner och vilar ryggen mot muren. Solen lyser och hon hör fågelkvitter. Det luktar jord från marken och för en kort sekund tänker hon att hon är hemma i Östergötland utanför torpet i Rök. Mor är inne i huset och far i verkstaden.

En man stannar till precis bredvid henne och hon väcks ur dagdrömmarna.

"Förlåt, jag såg er inte", säger mannen. "Hur står det till?"

Linnea inser att hennes kinder är våta av tårar. Hon torkar hastigt bort dem med baksidan av handen. Det är något välbekant med honom. Hon öppnar munnen för att svara, men orden fastnar.

"Linnea?" säger han.

"Far?"

Kapitel 55

Mannen som står framför henne är Alfred Bergstrand. Hennes far. Det är nästan tio år sedan hon senast såg honom. Han sa att han skulle till mors begravning och sedan kom han aldrig tillbaka. Tusen tankar far hit och dit i henne, men hon får inte fram några ord. Hon vill fråga om allt, men lyckas inte ställa en enda fråga.

Alfred föreslår att de ska sätta sig en stund på ett café i närheten och talas vid. Hon följer med och beställer en kopp te. Han tar en kaffe. Hon noterar att han ser sjuk ut. Han är blek. Kanske det är på grund av deras möte. Han kanske är rädd för att få stå till svars.

"Berätta", säger han. "Vad gör du i Stockholm."

Något börjar bubbla i henne nu. Han har svikit henne och nu sitter han här och småpratar. Frågar vad hon gör i Stockholm. Som att inget har hänt. Så ser han skamsen ut.

"Vad gjorde du vid lasarettet?", fortsätter han. "Är du sjuk."

Vad är det för en jäkla fråga? Ska han spela orolig far nu? Hon tänker inte sitta här och lyssna längre. Hon står inte ut.

"Jag gjorde som du. Jag svek mitt barn, men skillnaden är att mitt barn var ofött och inte kommer lida av sveket, som jag och mina syskon lidit", svarar hon.

Han ser oroligt på henne.

"Kan jag göra något för dig?"

Linnea ställer sig upp med tårar i ögonen.

"Du har gjort tillräckligt", säger hon och går ut från kaféet.

På vägen hem vet hon inte vad som gör ondast, magen eller mötet med far. En liten del av henne ville bara slänga sig om hans hals. Dra in doften av far och av tiden som var innan allt rasade. Hon går hem och kryper ihop till en liten boll under filten. Låter tårarna rinna för far, det ofödda barnet, Svea, mor och alla syskonen. Hon saknar dem alla och hon längtar så fruktansvärt mycket hem.

Det är tisdag och hon borde verkligen ta sig till galleriet. Hon var inte där igår heller och har inte meddelat Tina något. Hon kunde ha sagt att hon var sjuk, vilket stämmer på sätt och vis.

Imorgon, tänker hon. Imorgon ska jag ta mig dit. Hon låter sömnen komma. När hon vaknar igen är det mitt i natten. Det regnar och smattret mot fönstren är rogivande. Linnea kokar en kopp te och sätter sig och ser ut genom fönstret. Mörkret och regnet är samstämmiga med hur hon mår inuti. Hon brukar trivas med sig själv, men just nu känner hon sig ensam. Det finns ingen hon kan tala med på riktigt. Hon kan inte berätta om barnet som aldrig fick bli ett barn. Svea ser på henne från målningen som hänger på väggen. Linnea börjar berätta för henne.

När det ljusnar klär hon på sig och går till galleriet. I dag är det skönt att vara först på plats. Hon tar en runda och ser på målningarna. De två nya av Leo är på plats. Tina måste ha hängt upp dem när Linnea var borta. Hon ställer sig framför den ena. Den går i blått och grönt. En mor går längs havet med sin dotter i handen. Barnet ser ut att vara tre eller fyra. Hon ser på sin mor med beundran. Modern ser ut över havet.

Dörren till galleriet öppnas och Tina kommer in. Linnea hälsar, men Tina svarar inte. Hon ser arg ut.

"Jag ber om ursäkt för jag inte hörde av mig. Jag har varit sjuk och hade ingen ork alls. Förlåt", säger Linnea.

Tina sucka djupt.

"Tror du verkligen jag bryr mig om i fall du varit borta två dagar efter allt du gjort mot mig? Mot oss?"

Linnea blir kall. Gjort mot Tina? Vad menar hon? Har Tom sagt något? Har hon fått veta om prostitutionen?

"Du har gått bakom min rygg. Efter allt jag hjälpt dig med. Du har fått arbete och du har fått bo kvar i Richards lägenhet fast han troligtvis aldrig kommer tillbaka."

Tinas röst skär sig. Tårar tränger fram när hon nämner sin sons namn. Linnea står som fastfrusen. Hon förstår inte vad som sker. Tina fortsätter:

"Se inte så oskyldig ut. Du vet vad jag talar om. Du har förfört Tom. Dessutom har du förfört hans bror också.

Det är ju helt galet. Tror du han skulle lämna mig för din skull? En sextonårig flicka? Är det pengarna och företaget du vill åt? Tom berättade allt igår.”

”Men...”, börjar Linnea.

”Ut”, säger Tina. ”Gå härifrån och du kan hämta dina saker hos Richard också. Där ska du inte bo en enda dag till.”

Linnea går utan att protestera. Det är inte läge för det nu. Bättre att tala med Tina en annan dag när känslorna lagt sig. Hon går till lägenheten. Plockar ner sina kläder i en väska och rullar ihop målningen av Svea. Så går hon ut genom porten och blir ståendes på trottoaren. Mitt i allt börjar hon skratta. Det här verkar vara hennes lott i livet. Ensam på gatan utan jobb och boende. Hon är som en katt med nio liv och precis som katten landar hon på fötterna igen när hon trillar.

När man är på botten gör man det man är trygg och van vid. Linnea går till hotell Linden. Hon betalar för tre nätter, tar emot rumsnyckeln och går upp. Innan hon slänger sig på sängen sätter hon upp målningen av Svea.

Kapitel 56 (tre månader senare, hösten 1914)

I Europa har kriget brutit ut och även om Sverige ställt sig som neutrala påverkas vardagen. Det blir allt mer ont om mat och i Stockholm inrättar man nu Stadens livsmedelsnämnd med uppdrag att på olika sätt försöka tillgodose stadens invånares matbehov. Matpriserna skjuter i höjden och för att inte enbart de med gott om pengar ska få mat inför man matransonering på ett flertal basvaror.

I olika kampanjer uppmanades stockholmarna bidra till matförsörjningen. Blomsterrabatterna på Karlaplan blev till kålodling, i Vasaparken odlades grönsaker och i Kristineberg potatis. För att få kött föddes kaniner upp i både Alvik och Tantolunden.

Även om kriget närmar sig och matbristen är ett hot för gemene man så påverkades inte Linneas liv särskilt mycket. Hon har helt andra problem som gör kriget till något långt bortom hennes egen vardag. Hon bor fortfarande kvar på hotell Linden och arbetar som gatflicka. Hon är anställd av Lindens ägare. Han roffar åt

sig en stor del av pengarna, men det är inget hon ser eller

bryr sig om. Hon får kunder via honom och de betalar till

honom. Linnea får sedan pengar i handen av sin chef,

eller hallick kan man nog säga. Av de pengar hon får har

han både dragit av sin del och för hennes boende. Allt

hon får går till mat. Det räcker inte till något annat och

knappt ens till det. Det är på så vis hon mest berörs av

kriget, att matpriserna är skyhöga. Fast det är sällan hon

tänker så. Hon tar sig igenom varje dag. Ensam och

instängd i sig själv. Hon gör sitt bästa för att varken tänka

eller känna för mycket. För första gången i sitt liv har

hon ingen plan, inga mål. Hon kan inte se någon utväg.

Det är även den stämningen i Sverige, Europa och kanske

större delen av världen just nu. Mycket ser mörkt ut. Folk

är nedstämda och uppgivna. Gamla vänner vänds mot

varandra på grund av politiska åsikter. Linnea har inga

politiska åsikter. Hon är inte tillräckligt insatt. Men

stämningen och känslan av hopplöshet, den delar hon

med alla andra.

"Det kommer en man till dig om en timme", säger chefen när Linnea passerar disken nere i lobbyn.

Hon har varit ute för att köpa bröd, men det var slut. Magen kurrar och hon känner sig yr. Uppe på rummet städar hon undan, tar en dusch och ett glas vatten innan det knackar på dörren.

"Kom in", ropar hon.

En för henne okänd man går in och stänger dörren bakom sig.

"Jag brukar inte gå till horor", säger han. "Men det här jädra kriget, matbristen, oroligheterna tär. Jag behöver närhet och få glömma allt en stund. Fattar du?"

Linnea nickar.

"Du ser ung ut", säger han medan han klär av sig kläderna och lägger sig bredvid henne i sängen.

Hon svarar inte. I stället börjar hon smeka honom. Allt för att det ska vara över fort.

Dagarna kommer och går och allt flyter ihop. Det kommer män dagar som nätter, men oftast sena kvällar.

Hon sover när hon får vara ifred, men hon måste alltid vara nyduschad och beredd. Hon äger inte längre sin egen kropp. Chefen bestämmer vem som får ta henne, när och till vilket pris.

Häromdagen såg hon Emmy på avstånd. Linnea hade gömt sig för hon inte skulle få syn på henne. Emmy hade gått med en barnvagn. Linnea saknar deras vänskap. Hon saknar Emmys glada positiva syn på livet, men gläds åt att Emmy är gift och fått barn. Hon har sin familj och det förtjänar hon verkligen.

Linnea ställer sig framför spegeln. Den är solkig och nött. Hon ser sig själv i ögonen. De ser döda ut. Den gamla gnistan är borta. Men ju längre hon står där så ser hon något annat. Efter en stund framträder alltmer den lilla flicka hon en gång var. Linnea som var lycklig innan mor dog. Hon som var trygg och glad med sin familj. Det fanns inte gott om pengar, men de var lyckliga i det lilla. De hade varandra. Hon ser hur ögonen glimmar till och det ger henne hopp att hennes gamla jag finns där inne någonstans. Finns det en möjlighet ändå att ta sig härifrån? Om Svea inte fick hennes brev hon skickade kan det betyda att hon inte längre bor kvar och kanske Per öppnade brevet och slängde det. Hon kanske kan prova att adressera till Annalisa i stället. Inte skulle väl Per öppna ett brev adresserat till hans syster. En liten gnista av hopp tänds i henne.

Hon tar fram ett papper och penna och sätter sig för att formulera brevet till Annalisa. Hon vill inte berätta för mycket om sin situation. Det viktigaste är att Svea får hennes adress och kan skriva till henne. Hon behöver verkligen sin syster nu.

Kapitel 57

Varje dag frågar Linnea efter brev, men när tre veckor passerat utan att hon fått svar är hon nära på att ge upp. Hon måste acceptera att hon inte kommer återse sin syster igen. Det finns ingen möjlighet att spara ihop några pengar till tågbiljett heller. Det hopp som tändes håller på att släckas.

Det knackar på hennes dörr och trött ropar hon:

"Kom in."

En man som hon tycker sig känna igen från tidigare kommer in. Han har svart skägg och mörka ögon. Utan att se på henne eller säga något klär han av sig byxorna. Han behåller skjortan och strumporna på. Vänder på henne så hon ligger på magen och så drar han upp hennes klänning och tränger in. Hon var inte beredd och det svider. Han är hårdhänt, men hon låter han hållas. Hon hittar en smutsfläck på tapeten som hon fäster blicken vid. Något att hålla fast vid när hon väntar på att det ska vara över.

När han är färdig sätter hon sig upp medan han klär på sig igen. Innan han går spottar han henne i ansiktet.

"Förförerska, fresterska. Du kommer hamna i helvetet."

Hon svarar inte utan ser ner i golvet tills han lämnar rummet. Hon hinner precis tvätta av sig innan det knackar på dörren igen.

En äldre gråhårig man kommer in. Honom har hon inte sett förr. Han är inte lika hårdhänt som den innan. Han stryker henne över håret och gråter när det är klart. Hon vet inte vilket som är värst. Att hon får vara den onda förförerskan som ska hamna i helvetet eller att hon ska trösta mannen som köpt henne för en stund. Hon kommer att tänka på Richard och på konstnären Leo. Hon måste påminna sig själv om att det finns många fina män också i världen. Det är lätt att tro att de alla är onda när man gång på gång möter dem i deras sämsta stund. Ju fler hon träffar ju säkrare blir hon på att ingen, eller i alla fall väldigt få, är helt onda eller helt goda. Människor, vare sig de är män eller kvinnor, är komplexa och i en del situationer begår man dåliga handlingar. Det betyder inte att man beter sig dåligt hela tiden.

Det knackar på dörren igen. Linnea är gråtfärdig. Hon orkar inte fler kunder i dag. Det är fysiskt ömt, men mest är hon själsligt trött. Det är ingen ny kund som kommer in utan chefen. Han ger henne en tunn bunt med sedlar. Hon räknar dem. Det är inte mycket, men något mer än hon brukar få.

"Det kommer inga fler i dag. Vila dig nu", säger han och stänger dörren igen.

Till och med chefen har ett litet ljus långt där inne. Ibland kan även han visa empati, på ett märkligt sätt, men ändå.

Hon blaskar av ansiktet och går ut. Pengarna ligger i fickan och hon går till konstnärsbutiken på Södermalm. Köper grundfärger i de allra minsta burkarna och letar på hemvägen efter material att måla på. Hon hittar en gammal affisch och en plankbit som hon tar med.

Hon börjar med plankan. Ställer den på fönsterbrädan och använder fingrarna som penslar. Det är svårt att få till detaljer, men med färgerna kan hon få fram känslor. Hon blandar till en djup lila ton av mestadels blått med en aning rött. Det blir bakgrunden. I nedre högra hörnet målar hon ett bylte i rosaaktig ton. Hon tar ett kliv bak och inser att det är sitt eget ofödda barn hon målat. Där och då förstår hon att hon aldrig kommer att bli förälder. Det blir en märklig blandning av sorg och lättnad. Om hon inte kan ta hand om sig själv, ska hon inte sätta en ny människa till världen.

  Hon behöver komma ut från rummet ett tag. Komma bort från de här skitiga väggarna och den unkna luften. Hon tvättar av sig färgen på fingrarna och går ut. Vandrar genom Gamla stan bort mot Södermalm. Ser människor köa för mat. Barn som leker på gatan. Hon ser upp på sin gamla lägenhet på Götgatan. Undrar om sidenrocken fortfarande hyr den. Kanske någon annan ung flicka bor där nu. Stan börjar ta slut och övergå i landsbygd så hon vänder om och går tillbaka. Passerar galleriet just när Tina håller på att stänga för dagen. Linnea går kvickt över till andra sidan gatan för att undvika bli sedd, men det är för sent. När hon ser upp tittar Tina rakt emot henne. Linnea nickar diskret, men då vänder Tina sig åt andra hållet och börjar gå bortåt.

Kapitel 58 (fyra år senare, november 1918)

Sjutton miljoner människors liv har slösats bort under det krig som härjat sedan 1914. Sjutton miljoner enskilda individer har offrats för maktens skull. Och många, många fler får nu sörja sina anhörigas död. Men i dag, den artonde november ringer kyrkklockorna runt om i Sverige. Det är äntligen fred och klockorna ringer för att hedra alla offer och för att påminna alla om att aldrig sluta arbeta för fred och försoning. Fred och försoning som börjar i var mans hjärta, hos varje individ finns ett val att arbeta för ljuset och freden eller låta sprida svärtan, hatet och oviljan att försonas.

Linnea rycks med i glädjen och den framtidstro som nu spirar i staden. Hon är trött på att aldrig få behålla pengarna hon tjänar. Senaste tiden har hon börjat prata mer med de andra flickorna på hotellet. En del är rädda för att hamna helt ensamma på gatan, men ett par är som Linnea, trötta på att utnyttjas av hotellchefen. En tidig morgon när de sista kunderna gått samlas de i Linneas rum. Det är Betty och Sally. Linnea tror inte de heter så egentligen utan de har skaffat sig namn de använder när de arbetar för att få distans.

Linnea, Betty och Sally delar erfarenheter. Den ena vidrigare än den andra. Humorn blir ett försvar. Tillsammans skrattar de åt männen.

"Igår kom det en gubbe som var så ivrig att han snubblade över kallingarna, slog i knäna i sängramen och började gråta över smärtan", säger Sally. "Sedan kunde han inte få upp den efter det."

De skrattar alla tre så tårarna rinner.

"Jag tycker vi ska slå oss samman och försöka skaffa ett gemensamt hem. Vi delar på allt och ser efter varandra. Då behöver vi inte lyda under chefen och bo här", säger Betty och de slutar skratta.

"Du har rätt", säger Linnea. "Om vi håller ihop klarar vi det utan honom."

"Ja", instämmer Sally. "Varför ska en man tjäna pengar på oss? Vi gör det."

All tid de inte hade kunder på, ägnades åt att söka efter
bostad. Tidig vår år 1919 hittade Sally en enrumslägenhet
i Gamla stan. Den är liten, men ljus och har vattenklosett
inomhus.

"Hur ska vi göra med chefen?" undrar Linnea. "Han
kommer inte bli glad."

"Vi kan gå tillsammans och berätta att vi slutar och
flyttar", säger Betty.

"Varför då?" frågar Sally. "Vi kan väl bara flytta. Vi är
väl inte skyldiga att berätta för honom."

"Jag skulle vilja ha ut lön för senaste veckan innan vi
lämnar Linden", säger Linnea.

"Jag fick pengar igår", säger Sally. "Jag vill inte jobba
en natt till för honom."

Linnea och Sally ser på Betty.

"Jag fick också pengar igår", säger hon.

"Då får ni två flytta i dag", säger Linnea. "Så kommer
jag efter så snart jag fått pengarna."

Sally och Betty går raka vägen till sina rum, packar och går förbi lobbyn en i taget för att inte väcka chefens uppmärksamhet. Det känns inget vidare att vara kvar utan väninnorna. Linnea önskar hon kunde flytta i dag också, men pengarna behövs. Hon har inte råd att flytta från en hel veckas inkomst. Hoppas nu bara inte chefen anar oråd när Sally och Betty lämnat. Då kanske han håller i Linneas pengar ett tag till.

Den natten får Linnea ta hand om tre kunder. Hon trodde det skulle vara enklare att stå ut nu när hon vet att hon snart tar sig därifrån, men det blev tvärtom. Varje sekund är som en evighet.

Dagen därpå går hon ner till chefen i lobbyn.

"Jag behöver handla mat", säger hon. "Har du pengar till mig?"

Han kliar sig i skägget och ser på henne.

"Har du sett Sally och Betty i dag?" frågar han.

Ofrivilligt blir kinderna röda. Vad hon än säger kommer det låta som en lögn, så hon skakar bara på huvudet. Han ser intensivt på henne.

"Ingen av dem arbetade i natt. Det innebär mindre pengar för mig och du får vänta tills imorgon med pengar. En dag utan mat klarar du. Så pinnsmal är du inte att du svälter ihjäl på en dag."

Han skrattar åt sig själv. Finner det lustigt. Linnea är nära tårar. En natt till med kunder han valt. Risken finns att hon få ta emot fler än vanligt nu när inte de andra är kvar. I stället för att svara honom går hon ut från hotellet och tar sig till deras nya lägenhet. Sally och Betty har ordnat varsin madrass åt dem och satt upp skiljeväggar med hjälp av tygstycken. De kommer behöva ta hem män hit och då måste de ha privata krypin. Många av männen vill inte stöta ihop med andra män när de går till sina horor.

Linnea berättar att hon ska få pengarna imorgon, men hon säger inget om sin rädsla inför kommande natt. Hon vill inte lägga sin börda på dem. De har sina problem att tampas med.

Kapitel 59

Sally och Betty bjuder på lök- och potatissoppa innan Linnea går tillbaka till Linden för en sista natt. Strax efter åtta kommer den första kunden. Det är en stamkund som älskar hennes fötter. Han tvättar dem länge, masserar dem och suger på tårna. Linnea känner sig obekväm, men samtidigt finns det mycket värre saker en del kunder vill göra.

Fotälskaren lämnar henne vid nio. Han hade bara betalt för en timme och chefen knackar på dörren när tiden är ute.

"Om en halvtimme kommer nästa", säger han innan dörren åker igen.

Hon öppnar fönstret och andas in den svala vårluften. Påminner sig själv om att det kan högst vara ett par kunder kvar innan hon kan gå härifrån och aldrig komma tillbaka. Förhoppningsvis. Hon börjar packa väskan och ta ner målningen av Svea i väntan på nästa man.

Det knackar på dörren och hjärtat rusar när hon ser att det är den våldsamma mannen som varit hos henne ett par gånger tidigare. Senast slet han henne så hårt i håret att hårtestar lossnat. Hon backar in i rummet och han tar genast av byxorna. Säger åt henne att ta av sig allt. Hon lyder. Han tänder alla lampor och ser på henne utan att säga något. Från ingenstans spottar han på henne flera gånger. När hon instinktivt börjar torka av en loska som hamnat på kinden ger han en örfil. Innan hon hinner reagera brottar han ner henne på sängen. Pressar ansiktet i madrassen så hon knappt får luft. Linnea får panik. Minnen från Per kommer upp. Känslan av att vara fast och utelämnad. Ju mer hon försöker lyfta huvudet för att få luft, desto mer trycker han ner henne. Hon sprattlar med benen och han sätter sina knän på baksidan av hennes lår. Det gör så ont.

Efteråt vet hon inte hur länge han var där. Det känns som timmar, men det kanske bara var en timme. Han lämnade henne på sängen, dörren står på vid gavel ut mot korridoren. Hon kan höra folk gå förbi och kika in, men hon orkar inte resa sig för att stänga den. Strax därpå kommer nästa kund. Hon vill inte mer nu. Har inget kvar att ge.

När morgonen äntligen anländer går hon på ostadiga ben ner för trappan till chefen.

”Pengarna”, säger hon.

Till sin lättnad får hon dem utan protester. Hon går tillbaka upp på rummet och väntar ett tag innan hon tar sina grejer och går ut från Linden med avsikt att aldrig någonsin återvända igen.

Både Betty och Sally sover när hon kommer till lägenheten. På golvet står en halvtom falska rödvin och ett glas som vält omkull. En stor rödvinsfläck har flutit ut över trägolvet. Det luktar instängt. Linnea smyger in och ställer sina saker på den lediga madrassen, sedan öppnar hon ett fönster och börjar skura bort fläcken. Hon får inte bort den helt, men den blir i alla fall en aning ljusare och mindre iögonfallande. Skrubbandet väcker Sally och Betty.

”Linnea?”, säger Sally sömndrucket. ”Har du fått pengarna nu?”

”Ja”, svarar hon. ”Nu är vi fria.”

"Kan vi inte bara vara hemma i natt utan män?", säger
Betty. "En natt klarar vi oss väl utan inkomst?"

"Det låter bra", säger Linnea. "Jag kan köpa mat och
laga middag till oss i kväll."

Hon går till fiskarhuset vid slussen och köper färsk fisk.
Grönsaker och potatis hittar hon i den nybyggda
Munkbrohallen som inte ligger långt från deras lägenhet.
Medan Linnea lagar maten, städar Sally och Betty upp i
lägenheten och dukar så gått det går på golvet. De har
inte haft tid eller pengar att skaffa matbord än. Det är
inget Linnea ens tänker på när hon står vid spisen. Hon
njuter av friheten samt sällskapet och tryggheten
väninnorna ger.

Dagen efter vaknar Linnea första av alla. Hon är glad
och längtar efter en promenad i vårsolen. Tyst stänger
hon dörren efter sig så Sally och Betty får sova ut. Linnea
strosar runt utan något särskilt mål. Hon går längs kajen
och ser på allt liv och rörelse. Vid Hötorget är det full
kommers och blommor, grönsaker och hantverksarbeten
byter ägare. Utan att tänka sig för hamnar hon utanför
galleriet. Hon kan inte låta bli att kika in. Det ser ut som

Tom med en kund. Det kryper i kroppen på henne. Hon vill inte att han ska få syn på henne, men så vänder han sig om och hon möter hans blick. Det kan inte vara sant. Richard?

Kapitel 60

Är det verkligen Richard? Linnea står kvar och ser på när kunden går och Richard kommer mot henne. Han omfamnar henne och de står kvar så länge utan några ord. Hon släpper först. Backar ett steg och ser på honom.

"Det är du."

Han nickar och skrattar.

"Ja", säger han. "Det är jag."

"Vad hände? Vart tog du vägen?"

"Det är en lång historia och jag har strax ett möte, men får jag bjuda på middag i kväll så ska jag berätta allt."

Linnea rådslår med sig själv. Hon borde arbeta i kväll för att bidra med pengar till hyran och maten, men hon har lite kvar så kanske hon kan ta ledigt i kväll också.

"Gärna", svarar hon.

"Fint", säger Richard. "Vi ses vid Freden klockan sju."

Freden, tänker Linnea, det var där hon ätit middag med Carl för första gången. Så mycket minnen, men nu måste hon hem och berätta för Sally och Betty om kvällens planer.

Linnea berättar ivrigt om hur Richard försvann i Berlin och hon inte sett honom sedan kriget bröt ut för fem år sedan. Sally och Betty lyssnar förbluffat på hennes historia.

"Klart du måste gå", säger Betty.

"Ja", instämmer Sally. "Nu vill vi också veta vad som hänt honom."

Kvart i sju lämnar Linnea lägenheten och går till Gyldene freden. Richard står utanför och väntar på henne. Kyparen visar dem till ett bord för två längst inne i lokalen. Richard beställer in varsin förrätt.

"Nu måste du berätta", säger Linnea.

"Samma dag som jag skulle resa hem hade jag ett möte med en ung, lovande konstnär. Han hade varit nere i Tyska Sydvästafrika och målat av infödingarnas vardagsliv. Jag tyckte det var oerhört spännande. Särskilt då hans målningar gav en helt annan bild än den som den tyska regeringen visat upp.”

Linnea ser på honom när han berättar. Hon glömmer nästan bort att äta.

”Jag frågade om det. Om hans bilder visade verkligheten eller om han blandat fantasi med det han såg. Han stod på sig och sa att politikerna ljuger. Det var då han bad mig följa med för att se själv.”

”Du åkte till Afrika?” frågar Linnea. ”Varför ringde du inte och sa det?”

”Det här var, som du vet, precis före kriget bröt ut. Det var känsligt att ifrågasätta Tysklands kolonialisering. Han erbjöd mig följa med samma dag och det var bråttom.”

Linnea funderar på hans ord.

”Så ni reste till Tyska Sydvästafrika och vad hände där? Du var borta i fem år.”

Richard fortsätter berätta om Afrika och hur de blivit arresterade av tysk polis efter bara några dagar när de varit på en marknad och konstnären försökt sälja en av sina målningar där. De hade blivit satta i fängelse utan någon som helst rättegång. Richard hade befriats i samband med freden, men han hade stannat kvar och sökt efter konstnären utan framgång.

"Så du vet inte om han lever?" frågar Linnea.

Richard skakar på huvudet.

"Vilken historia", säger hon. "Hur blev du behandlad i fängelset? Var du rädd?"

"Jag var väldigt rädd", svarar han. "Jag trodde många gånger att jag aldrig skulle få återse Sverige igen, men jag blev aldrig misshandlad eller illa behandlad rent fysiskt. Det var mer psykisk tortyr att sitta ensam i en cell utan att veta vad som pågick där utanför eller om jag någonsin skulle släppas."

"Du visste inte ens om kriget?"

"Nej, inte förrän jag kom ut."

"Helt otroligt", säger Linnea. "I fyra år pågår ett krig i nästan hela världen och du sitter inlåst i Afrika och vet ingenting."

"Ja", säger Richard. "Jag försöker fortfarande smälta allt."

"Hur länge sedan var det du kom tillbaka?" frågar Linnea.

"Två månader sedan."

"Har dina föräldrar sagt något om mig?"

Richard nickar.

"Jag fick höra att de gett dig sparken för att du betett dig utmanande mot både en av konstnärerna och mot far. Han sa att du försökt förföra honom. Jag har svårt att tro det. Det låter inte som den Linnea jag känner", säger han och ser henne i ögonen.

Det värmer hjärtat att bli trodd.

"Du har rätt. Jag skulle aldrig göra så, men det var inte lönt att protestera."

"Men jag förstår inte varför far skulle säga så", säger Richard och ser frågande på henne.

"Jag förstår inte heller", svarar Linnea.

”Vart bor du nu?” frågar Richard och byter samtalsämne.

Linnea berättar om sina väninnor och lägenheten i Gamla stan, men utelämnar hur de försörjer sig.

”Var bor du själv nu?” frågar Linnea. ”Inte har du väl kvar den gamla lägenheten?”

Richard skrattar till.

”Jo, faktiskt. Mor har behållit den. Dels tror jag att hon aldrig tappade tron på eller förhoppningen om att jag skulle komma tillbaka, dels använde hon den själv när hon ville komma bort från far.”

”Så nu bor du i din gamla lägenhet och arbetar i galleriet som att inget har hänt”, säger Linnea.

”Både ja och nej. Jag är tillbaka fysiskt, men jag är förändrad.”

”Hur?” frågar hon.

”Jag är tacksam för allt. Det är som jag inte tar något förgivet längre. Varje måltid smakar ljuvligt. Varje dag är en gåva oavsett om det regnar eller om solen skiner.”

Det är den sista meningen Linnea tänker på när hon ligger på sin madrass senare samma kväll. Varje dag är en gåva oavsett om det regnar eller om solen skiner.

Kapitel 61

De möts igen några dagar senare. Richard vill visa henne något och hon kommer hem till honom. Hon tar av skorna i hallen och sneglar mot badrumsdörren. Där inne låg hon och försökte få ut sitt foster. Hon skakar av sig tanken och fortsätter in i vardagsrummet. Det står en annan soffa där nu och hon blir nästan lättad. Ångesten och sorgen hon legat och gråtit ur sig så många nätter är kastad ihop med soffan. Nu står det en äppelgrön soffa med raka ben. Den känns modern och hoppfull.

På samma plats där Svea hängt en gång i tiden hänger nu en annan målning.

”Det är den här jag ville visa dig”, säger han. ”Jag ställde undan en av konstnärens målningar på galleriet i Berlin innan vi reste till Sydvästafrika. Det är den här.”

Linnea studerar den. En mörkhyad kvinna står vid en spis och lagar mat. Nedanför på golvet sitter två barn och leker. Hon kan inte förstå vad i målningen som skulle kunna få konstnären satt i fängelse. Linnea ser frågande på Richard.

”Ser du något konstigt med den?” frågar han.

”Nej”, säger hon. ”Jag förstår inte.”

”Tyska staten hade skapat en bild av dessa infödingar som vildar, som djur snarare än människor som oss. Det gjorde det lättare för dem att försvara sin handling när de tog landet och deklarerade det som sitt. De ville ha tillgång till olika metaller i marken. Metaller som sedan användes i industrin. Om de som bodde där bara var vildar, avhumaniserade, så skulle de ändå inte komma på tanken att själva använda metallerna och ta sig ur fattigdomen”, säger Richard.

”Och målningarna visar dem som oss. De visar att de inte alls var vildar”, fyller Linnea i.

Han nickar.

”Om dessa målningar hade ställts ut kunde de ha fått befolkningen i Tyskland att ifrågasätta landets kolonialisering.”

”Oj, tänk vilken makt som kan ligga i konsten”, säger Linnea.

"Ja och det är verkligen illa ställt i ett land som börjar censurera konst. Människans sätt att uttrycka sig på och att kommunicera."

Linnea och Richard talar om konstens betydelse i samhället tills det mörknar. De lagar mat tillsammans och han ber henne stanna över natten.

"Jag bäddar åt dig i soffan, så slipper du gå hem i regnet."

"Tack", svarar hon glad över att han inte gör närmande och försöker få henne sova i hans säng.

När Richard gått in till sig ligger hon vaken och ser upp mot taket hon sett så många gånger förut. Hon föreställer sig honom ensam i fängelset i så många år och nu är han här så positivt inställd till livet. Tacksam för allt. Hon tänker på sig själv och hur hon formats av det hon upplevt. Kanske är det så att har man varit nära mörkret på riktigt så blir man tacksam över varje liten ljusstrimma. Hon somnar tryggt till lukten av Richard och ljuden från stan.

Det blir till en vana. Linnea sover över allt oftare hos Richard. Ibland går hon dit sent efter att ha haft kunder och fått in pengar. När inte chefen på hotell Linden tar den största delen pengar, behöver de inte längre ha så många kunder för att få ihop tillräckligt till hyran. Dessutom är de tre nu att dela på allt. Men hennes allt oftare frånvaro börjar reta Sally och Betty. De arbetar ändå fler nätter än Linnea.

Efter en arbetsnatt sitter de tre på golvet och äter frukost.

”Är det inte dags att vi skaffar oss ett riktigt bord med stolar snart”, frågar Sally.

”Jo, det skulle vara skönt”, säger Linnea. ”Men vi behöver nog spara lite mer först.”

”Om du jobbade fler nätter och inte sov hos Richard så ofta skulle vi få råd fortare”, svarar Betty.

Linnea får dåligt samvete först, men sedan blir hon irriterad.

"Jag trodde vi stack från Linden för att vara fria", säger hon. "Ska ni bestämma över mig nu?"

"Nej, såklart inte. Jag menar att du får bestämma dig vart du ska bo. Om du inte vill bo här och bidra lika mycket som oss kanske du ska flytta till Richard i stället", säger Betty.

Linnea reser sig och går ut från lägenheten. Hon har jobbat hela natten och är trött i kropp och själ. Helst vill hon gå till Richard, men han har nog redan gått till galleriet. Trött går hon ändå sakta mot hans hem och möter honom på vägen.

"Linnea? Är du på väg hem till mig? Du ser helt slut ut."

"Ja, jag har grälat med mina väninnor som jag delar bostad med och så tror jag att jag håller på att bli sjuk."

Richard ger henne en nyckel.

"Här", säger han. "Gå hem till mig och vila. Blir du sjuk kommer jag och lagar mat åt dig efter jobbet."

"Tack snälla du", svarar Linnea.

Hon lägger sig på soffan och somnar direkt. Inte förrän flera timmar senare vaknar hon. Det hon sa till Richard var sant. Hon håller nog på att bli sjuk. Hur mycket filtar hon än har på sig, fryser hon och huvudet bultar. Hon gör sig en varm kopp te och somnar sedan en stund till. Vaknar av att Richard kommer hem. Hon har sovit bort hela dagen.

"Hur mår du?" frågar han.

"Inget vidare."

"Då ska jag göra en varm soppa till dig."

Linnea ligger kvar i soffan och en halvtimme senare kommer Richard in med en skål fylld med varm spenatsoppa. Hon bränner sig i gommen och ropar till.

"Försiktig", säger han. "Den är mycket varm."

"Jag kände det", svarar hon och skrattar till.

"Nå, vad grälade ni om du och dina bostadsväninnor?"

"De tycker jag är hos dig för mycket och att jag därför inte hjälper till mycket hemma."

"Och vad tycker du om det?" frågar han.

"På sätt och vis har de rätt, men jag har också rätt att bestämma själv vart jag ska vara."

Hon vill berätta om kunderna och vad hon arbetar med. Hon vill inte dölja något för honom. Men skammen är där också.

"Jag har svårt att få arbete", säger hon i stället. "Jag får bara ströjobb och kan inte betala lika mycket av hyran."

Hon skäms över lögnen och över sig själv.

"Tyvärr kommer mor aldrig tillåta dig komma tillbaka till galleriet. Det enda jag kan erbjuda dig är att bo här och äta här så länge du behöver. Jag kan också skriva ett rekommendationsbrev om du vill söka arbete på något annat galleri."

"Du hjälper mig så mycket att jag skäms", säger hon.

"Det behöver du alls inte göra. Att jag får hjälpa dig gör att jag känner mig som en god människa, så det är av ren egennytta."

De skrattar båda. Linnea reser sig för att gå på toaletten. När hon sitter och kissar känner hon med tungan i gommen där hon bränt sig. Det håller på att bli till en blåsa. Hon tvättar händerna och ser sig i spegeln. Där möter hon en trött, blek ung kvinna.

Kapitel 62

Linnea vaknar av att Richard öppnar ytterdörren. Hon sätter sig upp för att ropa hej då, men det snurrar till i huvudet så mycket att hon kommer av sig. Richard stänger dörren bakom sig utan att märka att Linnea vaknat. Hon mår verkligen inte bra. Blåsan har blivit fler blåsor över natten och halsen värker. Hon har filten om sig när hon går till badrummet, men ändå fryser hon. Kanske hon borde ta sig till en läkare. Blåsorna i munnen gör henne en aning orolig. Det kan vara från att hon brände sig på soppan, men hon vet också att hon är utsatt för en massa smittorisker som prostituerad. Hon har hört många skräckhistorier genom åren. Även om hon själv är noga med hygien är det inte säkert att alla männen är det. Problemet är att hon inte har pengar till en läkare nu, men kanske hon kan be att någon syster tittar på blåsorna bara och kan säga om de är farliga eller ej. De behöver inte ge medicin eller vårda henne.

Hon klär på sig och tar en droska till lasarettet. Utanför ingången står två sköterskor och samtalar.

"Ursäkta mig", säger Linnea.

Den ena sköterska går in. Den andra ser frågande på Linnea. Så rycker hon till.

"Du har syfilis. Vet du om det?" frågar hon.

Linnea skakar på huvudet.

"Hur ser du det?"

"De vita fläckarna", svarar sköterskan. "Har du feber också?"

"Ja, sedan igår", säger Linnea. "Går det att bota?"

"Det är bäst du följer med in. Har du några öppna sår eller bölder?"

"Jag har blåsor i munnen, men inga öppna sår", svarar Linnea. "Men jag har inga pengar att betala en läkare med."

"Kom", säger sköterskan bara och går före in.

Linnea följer efter henne genom en lång korridor och in på ett kontor med en brits mitt i rummet.

"Sätt dig där", säger sköterskan och tar på sig handskar.

”Smittar det”, frågar Linnea.

”Det smittar via samlag och om du har öppna sår.”

”Kommer jag dö?”

”Jag ska säga som det är. Många dör av det, men en del blir botade. En del kan ha smittan i många år innan de dör. Men du är ung och stark för övrigt. Jag ska ge dig en medicin som du ska ta dagligen så länge du har symtom.”

”Jag har inga pengar”, säger Linnea igen.

Sköterskan tar fram en brun flaska.

”Det här är arsenik och du ska ta fem milliliter dagligen vid symtom. Sjukdomen kan komma och gå. Det är viktigt att du inte tar arsenik när du inte känner dig sjuk. Förstår du?”

Linnea nickar och tackar. Stoppar flaskan i kappfickan och går ut från lasarettet. Hon tar sig hem till Richard igen och försöker få fatt i alla tankar och känslor som virvlar runt. Syfilis. Hon har syfilis. Det smittar om hon har sår. Hon sliter av sig alla kläder och börjar söka efter sår. Känner med tungan på blåsorna i munnen. En verkar gått sönder. Räknas det som ett öppet sår? Kan det smitta Richard. Hon är livrädd. Känner sig smutsig, äcklig. Hon kan inte vara kvar här. Innan hon går tvättar hon sängkläderna, skurar badrummet, diskar allt hon vidrört. Så går hon och stoppar nyckeln i brevinkastet.

Hon kan inte gå hem till Sally och Betty. Tänk om hon smittar dem. Hur ska hon försörja sig nu? Hon kan inte prostituera sig. Det sista hon vill är att smitta någon man som sedan i sin tur smittar fler kvinnor. Vad ska hon ta sig till. Vart ska hon ta vägen?

Hon har tur och dagen blir solig och varm, men när natten kommer kryper temperaturen ner. Fötterna börjar bli trötta och febern har stigit. Hon tar sig till järnvägsstationen, men det är låst till biljetthallen. I stället går hon in i banhallen, där tågen står uppställda. Passagerarvagnarna går inte att komma in i men godsvagnarna är öppna. Hon klättrar in i en där hon lägger ut sin kappa på golvet som en tunn madrass. Öppnar sin väska och tar fram alla kläder hon äger. De blir till täcke och kudde. Både hennes egna tankar och alla ovana ljud gör det svårt att sova trots tröttheten. Om hon varit ensam förr är det inget mot hur ensam hon känner sig nu.

Kapitel 63 (fyra år senare, år 1923)

Det är kallt ute. Linnea känner knappt fingrarna. Drar filten om sig i ett försök att hålla värmen. Kullerstenarna är hårda att sitta på, men hon orkar inte resa sig. Ett par i trettioårsåldern närmar sig. Hon ser deras skor. Damens är svarta, blanka och det sticker upp päls som utstrålar bekvämlighet och pengar. Mannens är bruna skinnkängor med rejäl sula. De går självsäkert. Just när de passerar Linnea med endast några futtiga tum känner hon ett mynt trilla ner och landa på henne.

"Stackars flicka", säger damen.

Så är de förbi. Linnea undrar hur hon ser ut i deras ögon? En utmärglad, sårig och smutsig gatflicka som ingen vill ta i med tång. De tycker synd om mig, men ingen vill komma nära. Ingen vill tala med mig, vilket jag förstår. Inte vill de smittas eller smutsa ner sina rena händer. Till och med läkaren körde ut mig från mottagningen när jag inte hade pengar. Jag känner att det är frågan om timmar nu. Kanske mindre, men inte mer. Jag tror inte jag överlever en natt till. Även om jag fick ett mynt nu och skulle kunna köpa något att äta så har jag inte orken att ställa mig upp längre. Till vilken nytta skulle det vara? Vad är mitt liv värt? Ingenting. Jag har inte haft ett värdigt liv på många år.

En pojke i femårsåldern sitter på huk och ser på Linnea.

"Vem är du? Varför sitter du här? Du har prickar i ansiktet? Är du sjuk?"

Innan hon hinner svara något har en kvinna ropat åt honom att genast gå bort från den smutsiga flickan. Linnea försöker sig på ett leende, men det blir mer en grimas. Kvinnan drar pojken i armen när de passerar. Ljudet av motorbussen närma sig. Den transportera folk mellan Odenplan och Gustaf Adolfs torg. Linnea sitter på Malmskillnadsgatan. Under de tio år hon levt i huvudstaden har den förändrats mycket. Det byggs och elektrifieras och motoriseras. I början var hon ung och naiv. Endast fjorton år gammal. Trots allt hon redan tvingats genomlida som barn hade hon en framtidstro. Bara hon kom långt från landsbygden och till den moderna staden skulle allt ordna sig. Hon skulle försörja sig själv och inte låta någon man bestämma. Det var naivt av henne, men hon minns den tiden med glädje. Hon skulle vilja krama om denna unga tös. Ser det så tydligt

nu. Hur unga Linnea, står med en resväska i handen

alldeles ensam i den stora staden. Lika delar

förskräckelse som nyfikenhet. I handen en hopknycklad

lapp med en adress. Hon ville inte slösa pengar på

hästskjuts och gick till fots mot Östermalm. Fick fråga

sig fram. Skämdes över sin annorlunda dialekt. Ägnade

mycket tid åt att lära sig tala stockholmska för att passa

in.

Lungorna värker, hjärtat slår så hårt, magen gör ont av

hunger och allt smärtar av kylan. Snälla Gud, även om

jag inte känt din närhet under livet så ber jag dig slippa

mer lidande. Låt mig få somna nu. Jag vet inte vad mitt

liv varit värt. Vet inte vad meningen var med att födas.

Vet bara att jag vill slippa leva det mer i denna kropp.

Kära Gud, visa din barmhärtiga sida och låt mig få dö.

Verkligheten försvinner och drömmarna tar vid. Ljuden

från gatan blandas med drömmarnas bilder. Linnea är

liten flicka igen. Sitter på golvet i köket. Mor kastar in

ved i spisen. Storebror Georg ger henne en bit nybakat

bröd. Det är varmt om fingrarna Fettet han lagt på brödet

smälter och rinner ner på handen. Hon slickar upp det. Dörren öppnas och far kommer in. Hon hör hur han stampar av snön i farstun innan han kliver på. Hans blick fastnar på henne och han kommer fram. Linnea sträcker händerna mot honom och tappar brödbiten på golvet. Far böjer sig ner. Plockar upp brödbiten, ger den till henne och så lyfter han upp Linnea. Hon borrar in ansiktet i hans hals. Känner lukt av svett och rök. Hon rycker till av något blött på sin hals.

Det tar en stund innan hon förstår att hon somnat till. Det snurrar i huvudet. Så kommer det blöta igen mot kinden. En hund flåsar och buffar med nosen. Säkert hungrig han också.

"Hej lilla vän. Jag har inget åt dig."

Linnea försöker lyfta handen för att klappa honom på huvudet, men armen lyder inte längre. I frustration tränger tårarna fram, vilket förvånar. Trodde de var slut vid det här laget. Hunden slickar de salta tårarna, vilket gör att det kommer ännu fler. Den närhet och omtanke hunden ger berör. Hon är inte alls van vid den typen av beröring. Senaste åren har det varit slag och spottloskor som varit kopplingen mellan andra och Linnea. Nu önskar hon att hon fått dö samtidigt som mor. Då hade hon dött lycklig och som det naiva lilla barn hon varit. Det är många år sedan hon ägnade barndomen en tanke. Nu kommer det upp nya minnen. Tror drömmen satte igång något. Minnen av fars trygga doft. Hon skulle ge vad som helst för att på riktigt få återuppleva den tiden en kort stund om så bara för en timme. Det är så klart omöjligt. Undrar hur syskonen har det. Lilla Svea som blev så fruktansvärt sviken. Hon försöker slå bort den tanken. Den gör verkligen ont.

Hunden piper iväg och Linnea blir ensam med kylan och smärtan igen. Ser ner på fingrarna. De är alldeles vita i topparna. Hon blåser på dem, men lungorna värker och det finns ingen styrka. Försöker dra ner luft sakta, sakta men inget händer. Hon håller på att svimma. Nu händer något. Vad är det här? Hon fylls av värme och allt blir ljust. Ser samma oavsett om hon blundar eller har ögonen öppna. Allt är varmt och ljust.

"Mamma, mamma! Titta! Är flickan död?"

Epilog

Svea är hemma i Linköping då hon får ett brev. Hon sätter sig i läsfåtöljen och sprättar upp med brevkniven. Det är från Emil. Grannpojken från Granby. Det var länge sedan hon hörde något av honom. Hon har inte sett honom sedan Annalisas begravning. Hon vecklar ut brevet och börjar läsa:

Kära Svea,

Jag kommer med ledsna nyheter. För ett par veckor sedan, den andra maj, avled din fosterfar, Per Karlsson. Han dog ute på åkern under en plöjning. Han finns nu begraven på Vadstena kyrkogård i familjegraven.

Vad jag förstått är det inte honom du kommer att sörja, utan det är den andra nyheten jag också måste förmedla. Jag var med och rensade ut huset efter hans bortgång och jag fann ett brev från er syster, Linnea. Det är svårt att tyda det då det var smutsigt och hopknölat. För att inte jag ska misstolka det skickar jag med det med detta brev så du själv kan läsa. Det är dessvärre inga goda nyheter. Jag beklagar er förlust.

Emil

Svea tar upp kuvertet igen och där ligger det mycket riktigt en skrynklig lapp:

Till er som finner mig död. Lämna detta till min syster Svea Bergstrand. Hennes senast kända adress är hos Per och Annalisa Karlsson i Granby, Vadstena.

Jag har saknat dig, Svea, varje dag sedan jag lämnade dig och jag har våndats över mitt val. Men Per förgrep sig på mig ända sedan vi kom dit. Kan du förlåta mig för mitt svek? Nu är jag död om brevet nått dig. Jag levde som prostituerad och fick syfilis. Sjukdomen kom och gick under flera år. Nu har jag äntligen blivit befriad från plågorna. Jag hoppas av hela mitt hjärta att du fått ett bättre liv. Din syster, Linnea.

Förlag: BoD · Books on Demand, Östermalmstorg 1,
114 42 Stockholm, Sverige, bod@bod.se
Tryck: Libri Plureos GmbH, Friedensallee 273,
22763 Hamburg, Tyskland
ISBN: 978-91-8080-837-8